BIG LIFE

빅라이프

KB012741

빅 라이프 2

우지호 장편소설

초판 1쇄 찍은 날 | 2016년 7월 22일
초판 1쇄 펴낸 날 | 2016년 7월 29일

지은이 | 우지호
펴낸이 | 예경원

기획 | 위시북스
편집책임 | 박우진
편집 | 이즈플러스

펴낸곳 | 예원북스
등록번호 | 제396-2012-000132호
등록일자 | 2012. 7. 25
KFN | 제1-016호

주소 | 경기도 고양시 일산동구 호수로 646-24 위너스21 II 빌딩 206A호 (우)10401
전화 | 031-819-9431 팩스 | 031-817-9432
E-mail | yewonbooks@naver.com

ⓒ우지호, 2016

ISBN 979-11-5845-515-6 04810
979-11-5845-517-0 (set)

※ 파본은 구입하신 서점에서 교환하여 드립니다.
※ 저자와 협의하여 인지를 붙이지 않습니다.
※ 이 책은 예원북스와 저작자의 계약에 의해 출판된 것이므로 무단 전재 및 유포, 공유를 금합니다.
※ 이 도서의 국립중앙도서관 출판시도서목록(CIP)은 서지정보유통지원시스템 홈페이지(http://seoji.nl.go.kr)와 국가자료공동목록시스템(http://www.nl.go.kr/kolisnet)에서 이용하실 수 있습니다.

우지호 장편소설
2
WISHBOOKS MODERN FANTASY STORY
빅라이프
Wish Books

빅라이프
BIG LIFE

CONTENTS

8장 하재건이 본명입니다 7

9장 찾는 데가 늘었나 25

10장 중요한 건 무엇인가 63

11장 밤의 가호가 함께한다 105

12장 질풍노도처럼 가라 161

13장 독서는 좋은 거야 199

14장 당신 덕분이었습니다 239

15장 따라와 봐라 281

8장
하재건이 본명입니다

진행자는 계단으로 올라오는 재건에게 미소를 보내면서 말을 이었다.

“디지털문학상은 신인 및 기성작가를 가리지 않고 좋은 작품을 발굴한다는 취지로 시작되었죠. 따라서 필명을 사용할 수 있으며 다작 투고도 가능합니다. 한 사람의 작가가 두 부문 이상에서 동시 수상하는 것도 있을 수 있는 일이죠.”

재건은 진행자 옆으로 와 두 손을 모으고 섰다.

앞을 바라보니 수백 명의 시선이 오직 자신에게로만 쏟아지고 있었다.

심장이 부서질 것처럼 뛰었다.

짜릿한 전류가 아랫배를 찌르르 울리며 올라왔다.

"4년 전에 열렸던 제2회 디지털문학상에서 한 작가님이 우수상과 장려상을 동시에 수상하신 적이 있습니다. 그 이후로 오래도록 동시 수상은 나오지 않았는데요."

진행자는 능숙한 언변으로 관객들의 흥미를 자아내고는 잠시 웃으며 뜸을 들였다. 그의 두 눈은 수줍은 듯이 서 있는 재건에게로 향해 있었다.

"지금 올라오신 서건우 작가님은 작품 멍청한 여자로 최우수상을 수상하시게 되었습니다. 그런데 말입니다, 여러분. 서건우 작가님께서는 우수상 부문에서도 수상하셨습니다."

"그럴 수가……!"

정진의 입에서 신음과도 같은 탄성이 흘러나왔다.

재건의 가족들과 수희, 그리고 효진까지도 모두 벌어진 입을 다물지 못한 채 눈앞을 뚫어져라 바라보고 있었다. 한껏 높아진 웅성임 속에서 시상식장 전체가 들썩이는 듯했다.

다소 어긋난 각도에서 가장 크나큰 충격을 받은 사람은 명훈이었다.

얼이 완전히 빠져 버린 나머지 자신의 손이 수상 소감문을 구기듯이 쥐고 있는 줄도 모르고 있었다.

"작품명은 90년대 소년, 작가는 하재건. 어느 쪽이 본명이시죠, 작가님?"

전부 알고 있으면서도 진행자가 웃으며 질문을 건넸다.

재건은 헛기침을 가볍게 한 번 하고는 진행자가 내민 마이크에 대고 대답했다.

"하재건이 본명입니다."

"네, 하재건 작가님. 정말 좋은 작품으로 참가해 주셔서 감사드립니다. 심사 위원단의 이야기를 들어본 바로는 두 작품 사이에서 우열을 가리기가 힘들 정도였다고 합니다. 자신이 쓴 작품 둘이서 승부를 겨뤘다고 볼 수도 있겠는데요. 소감이 어떠십니까?"

다시금 마이크가 재건에게로 넘어왔다.

재건은 뭐라고 대답해야 할지 잠시 생각한 끝에 나직이 입을 열었다.

"솔직히 잘 모르겠습니다. 지금 머리가 새하얗고 아무 생각도 나지 않아서 뭐라고 말씀을 드리기가 어렵습니다. 죄송합니다."

"하하하, 네. 보이는 것과는 달리 꽤나 긴장을 하신 것 같네요. 자, 그러면 저는 이쯤에서 말을 마치고 최우수상 수여를 맡아주실 분을 소개해 드리겠습니다. 30년의 세월을 한결같이 책만 바라보고 달려온 기업이죠. 한국 최대 규모의 본점 및 전국 요지 25곳에 달하는 영업점을 보유한 주식회사 교지문고의 대표이사 한정도 님, 나와 주십시오."

진작부터 단상 후방의 따로 마련된 의자에 앉아 있었던 한

중년의 남자가 일어섰다. 교지문고의 대표이사 한정도였다. 상패와 상장을 수여하기에 앞서 그는 마이크를 잡았다.

"최우수상을 수상하게 된 멍청한 여자는 심사 위원단의 만장일치로 선택받은 작품입니다. 풍족하지 못한 한 가족의 일원이자, 딸이며, 누나이기도 한 작중 주인공의 푸르른 20대를 간결하고도 담백한 필치로 감동스럽게 그려냈다는 것이 주된 총평입니다."

관객석에 앉아 있던 재인이 두 눈을 치켜떴다.

동생이 쓴 작품인 줄 몰랐으니 내용 또한 모르는 것이 당연했다.

곁의 명자는 벌써부터 눈시울을 붉히며 딸의 손등에 손을 포개고 있었다.

"멍청한 여자의 주인공 재희는 제목 그대로 멍청합니다. 딸로서 받을 수 있는 사랑을 원하지 않고 자식으로서 희생하기를 자처합니다. 꿈을 좇는 남동생의 미래를 위해 자신의 미래를 기꺼이 포기하고 초목처럼 싱그럽고 푸르른 청춘의 나날을 오로지 가족을 위해 희생합니다. 하지만 재희는 희생이라고 말하지 않습니다. 단 한 번 그렇게 생각한 적조차 없습니다. 사람들이 말하는 재희의 희생, 그것은 그녀에게는 가족을 위해서 해야 할 당연한 도리이자 사랑이었습니다."

재인이 고개를 떨어뜨리며 손으로 입을 틀어막았다.

흠뻑 젖어든 두 눈에서 눈물이 방울져 뚝뚝 떨어지고 있었다.

좋은 날에는 울지 않기로 그토록 다짐했는데. 참아내려고 이를 악물어도 뜨거운 눈물은 그칠 줄을 몰랐다.

"재인아……."

명자가 손수건을 꺼내 재인에게 내밀었다.

재인은 손수건을 받아 얼굴에 댔지만 무리였다. 작디작은 손수건 한 장으로는 기나긴 청춘의 세월과 함께 쏟아져 나오는 눈물을 온전히 닦아낼 수가 없었다.

이윽고 우레와 같은 박수갈채 속에서 상장과 상패가 재건의 손으로 전달되었다.

재건은 수백 명의 사람을 향해 단상 정중앙에 우뚝 섰다. 수상 소감을 말해야 할 차례였다.

"수상 소감을 열심히 준비하긴 했는데…… 이렇게 막상 말을 하게 되니 다 소용없는 일이었다는 생각이 듭니다. 우선 가족에게 가장 먼저 감사합니다. 바쁜 시간을 쪼개 이 자리에 와준 사랑하는 동기들…… 정진이, 효진이, 수희야. 고맙다. 그리고 또, 이렇게 영광스러운 상을 받게 해주신 심사 위원분들에게도 진심으로 감사의 말씀을 드리고요. 끝으로, 사정상 이름을 밝힐 수 없는 스승이자 위대한 작가이신 그분께도 진심으로 감사드립니다."

"자식이 진짜 사람 놀라게 하는 재주 있네. 넌 이따 내려오면 죽었어."

정진이 재건을 바라보며 툴툴거리듯이 말했다. 손가락은 찡해져 오는 자신의 콧등을 꾹 붙잡은 채였다. 수희와 효진도 눈시울이 붉어진 채로 입가에는 미소를 머금고 있었다.

"이곳에 오기 전에 울보 누나에게 단단히 주의를 줬습니다. 부끄러우니까 어떤 이유로도 울지 말라고. 코웃음을 치면서 울 일이 없을 거라고 장담을 하더니, 저쪽을 보세요. 저기 홍수처럼 눈물을 쏟아내고 계시는 예쁜 여자분이 제 누나입니다."

재건이 농담과 함께 손으로 재인 쪽을 가리켰다.

시선이 재인에게로 모이는 동시에 곳곳에서 웃음소리가 터져 나왔다. 하지만 아직도 재인은 동생의 농담에 도저히 웃을 수가 없는 상태였다.

"아마 집에 가면 많이 혼날 겁니다. 제목 때문에요. 다른 좋은 제목도 많을 텐데 왜 멍청한 여자라고 지었냐고. 자기를 참고로 쓴 소설이 분명한데 내가 그렇게 멍청하냐고 하면서 온갖 트집을 잡을 거예요. 하지만…… 어쩔 수 없는 일이었습니다. 제 누나는 정말로 멍청하니까요."

재건이 잠시 말을 멈추고 두 눈을 내리감았다.

장내는 단숨에 숙연해졌다. 고요 속에서 재건은 누나의 사랑을 받으며 살아온 지난날들을 눈앞에 그려보고 있었다. 단 하루도 소중하지 않은 날이 없었다.

"27년 동안……."

이윽고 재건이 두 눈을 뜨고 입을 열었다.

흔들리는 동공 속에는 울고 있는 누나만이 오롯이 담겨져 있었다.

"27년의 세월을 변함없이…… 자신의 삶은 안중에도 없이 남동생에게 헌신했던 멍청한 누나였습니다. 어디 가서 없어 보이지 말라고, 무시당하지 말라고 교통비까지 털어 동생에게 주고, 자기는 물에 밥을 말아 쉰 김치 반찬으로 하루 세끼를 먹으면서도…… 동생의 밥상엔 언제나 고기가 빠지지 않도록 챙겨주고 몰래 동생의 지갑을 훔쳐다가 돈을 넣어놓고 모르는 척이나 하고……."

미리 준비했던 것과는 다른 소감은 자주 끊겼고 또 느렸다.

떨리는 목소리로 흘러나오는 재건의 진심 앞에서 상당수의 사람이 눈물을 훌쩍이고 있었다.

"멍청한 여자인 제 누나에게 이 책을 바칩니다. 어머니 아버지, 감사합니다. 이토록 좋은 누나를 만들어주셔서. 그리고 누나와 절 잘 키워주셔서요."

"으흐흐흐흑……!"

재인이 더는 참지 못하고 오열을 터뜨렸다.

공들인 화장이 엉망진창으로 번지고 있었지만 아무래도 상관없었다. 명자는 그녀의 작은 등에 젖은 얼굴을 파묻고 소리 죽여 흐느꼈다.

정진이 자리에서 일어나 박수를 쳤다. 효진과 수희가 그 뒤를 이었다. 그것을 시작으로 장내의 모두가 한마음이 되어 열렬히 박수를 치기 시작했다.

박수를 치지 않는 오직 단 한 사람.

'흐끄으윽……?!'

명훈은 통증이 느껴지는 명치를 부여잡고서 온몸을 부르르 떨어대고 있었다. 내리깐 시선은 한껏 광을 낸 자신의 구두에 꽂혀 있었다.

이 구두로 저 단상 위까지 걸어갈 수 있을까.

재건의 성과에 굴하지 않고 당당히 내 소감을 토해낼 수 있을까.

모든 것이 불가능해 보였다.

시야에 들어오는 사물들의 형태가 하나같이 흐릿했다. 머리는 어지럽고 세상은 어두컴컴했다. 시끄러워서 귀청이 떨어질 것 같았다.

'아니야……! 여기서 물러나면 그건 더 큰 망신이 돼! 나는 나야! 이런 한심한 공모전에 마음 상할 필요 없어! 멍청한 심

사 위원들! 내가 이대로 물러설 줄 알아?! 나 오명훈이야!'

명훈은 떨리는 손길로 한껏 구겨진 수상 소감문을 도로 폈다.

평소에는 관심조차 없던 우황청심환 하나가 절실했다. 곧잘 사람들 앞에 나섰고 또 그런 걸 즐겼지만 오늘만큼은 예외였다. 자신에게 용기를 심어줄 사람은 주변 그 어디에도 없었다.

'하재건……! 이까짓 상으로 최우수상을 받은 게 그렇게도 기쁜 거냐? 아주 가족들까지 죄다 데려와서 신파극을 찍는구나. 그래, 지금이나 한껏 즐겨라! 지금이 네 인생의 정점일 거다!'

명훈은 먼발치의 재건을 노려보며 한껏 저주를 퍼붓고는 자신의 수상 소감문으로 눈길을 되돌렸다. 어떻게 수정해야 재건에게 한껏 집중된 관심을 조금이라도 더 많이 자신에게로 전환시킬 수 있을까 생각하면서.

바로 그때.

단상 위에서 진행자의 말이 이어지고 있었다.

"시간 관계상 우수상 이하의 개별 수여식 및 수상 소감은 생략하겠습니다. 남은 수상자분들께서는 모두 단상으로 나와주시기 바랍니다."

명훈이 고개를 화들짝 치켜들었다.

잘못 들은 것이 아니었다. 진행자의 말을 듣고 여기저기서 일어선 수상자들이 단상으로 우르르 향하고 있는 것이 아닌가.

'시간이 없어서…… 생략을…… 해?!'

자신 역시 수상자의 한 사람으로서 저들 중에 섞여야 한다는 것.

한마디 수상 소감조차 말할 수 없게 되었다는 것.

현실을 인지한 순간 명훈은 완전히 탈진해서 온몸을 무너뜨렸다. 풀린 두 눈에 비춰지고 있는 것은 지나치게 눈부신 시상식장의 조명뿐이었다.

BIG LIFE

"대표님, 차 한 잔 드릴까요?"

"필요 없네. 그냥 가게."

의자 등받이에 몸을 깊이 기댄 채 오태진이 말했다.

수년 전에 환갑을 넘겼지만 풍채가 좋고 여전히 건장했다. 그는 가족과 회사를 위해 자신의 건강을 충분히 신경 쓰는 사람이었다.

태진은 심기가 몹시 불편했다. 막내아들 때문이었다.

어머니의 생일에도 참석하지 못할 만큼 중요한 일이 무엇일까.

아무리 생각해 봐도 답이 나오지 않았다. 건설적인 인생과는 거리가 먼, 항상 못미덥기만 한 아들이었다.

책상 위의 핸드폰이 몸을 떨었다.

태진은 피곤해서 받지 않고 외면했다. 하지만 끝도 없이 진동이 울려대는 바람에 끝내는 한숨을 내쉬며 핸드폰으로 손을 뻗었다.

"네, 오태진입니다."

—안녕하셨습니까, 대표님. 저 교지문고 박정배 이사입니다.

"아아, 네. 박 이사, 건강하게 잘 지냈어요?"

태진이 성가신 기분과는 달리 반가운 어조로 대답했다.

교지문고는 국내 최대의 온오프 서점을 보유한 거대 기업이다.

대형 출판사를 꾸려가는 그의 입장에서는 좋은 관계를 유지해야 하는 것이 당연했다.

—네, 대표님. 저야 잘 지냈습니다. 아, 다름이 아니라 축하드린다는 말씀을 드리려고 이렇게 전화를 드린 참입니다.

"축하요? 허허, 요즘 내가 무슨 축하를 받을 일이 있나?"

—그럼요. 아드님께서 문학상을 수상하시게 되었으니 충분히 축하드릴 일이죠. 출판사의 대표이시기 전에 작가이신 입장에서도 얼마나 기쁘실 일입니까? 정말 축하드립니다.

태진의 얼굴에서 웃음이 사라졌다. 심각해진 표정으로 자리에서 일어선 그는 정원이 내다보이는 창가로 가 섰다.

"내 아들이 문학상을 받았다는 거요?"

—혹시 모르셨습니까? 오늘이 시상식이었는데요.

"금시초문이오. 무슨 문학상이요?"

—저희가 매년 후원하고 있는 디지털문학상입니다. 작은 아드님께서 우수상을 수상하셨더라고요. 필명으로도 참가가 가능한 시스템이고, 저도 그쪽 담당은 아니다 보니 이제야 알았습니다. 안성우라는 필명이고 작품 제목은 서울의 고독입니다.

"박 이사, 전화 줘서 고맙소. 확인 좀 해보고 내가 나중에 연락하리다."

—네, 대표님. 그럼 좋은 하루 되십시오.

전화를 끊은 태진은 황망히 컴퓨터로 인터넷에 접속했다.

디지털문학상을 검색창에 입력하자 온갖 뉴스가 쏟아져 나왔다.

'명훈이 녀석이 우수상이라……!'

태진은 양 뺨을 손으로 벅벅 문지르며 수상자 내역을 화면에 띄웠다.

박 이사의 말대로였다. 안성우라는 작가의 작품 '서울의 고독'은 분명히 우수상 부문에 기재되어 있었다.

‘바보 같은 녀석! 이런 일이 있었다면 진즉 말해주지 않고……!’

밀려드는 후회 앞에서 태진은 이마를 싸맸다.

지기 싫어하는 명훈의 성격은 아버지인 자신이 세상 누구보다도 잘 알았다. 자신의 젊은 날을 쏙 빼닮은 명훈이 걱정돼서 유난히 엄격한 잣대를 들이대며 교육해 온 것 또한 사실이었다.

태진은 한숨을 거듭 내쉬며 마우스 스크롤을 올렸다.

바로 그 순간.

‘으음……?!’

태진이 모니터에 시선을 박은 채로 혹한에 내던져진 사람처럼 얼어붙었다. 최우수상을 받은 작가의 이름 세 글자가 그의 두 눈 가득 아로새겨진 참이었다.

[최우수상 부문]

멍청한 여자 – 서건우

서건우라는 이름이 태진의 눈길을 끌어당겼다.

결코 낯설 수가 없는 이름. 보기만 해도 먼저 몸이 움찔 떨리며 반응하게 되는 이름. 그 이름 세 글자를 아들이 참가한 문학상 수상 내역에서 보게 될 줄은 몰랐다.

'희귀한 이름은 아니지.'

태진은 기분이 나빠져서 모니터로부터 돌아앉았다. 그러나 잠시 후, 그는 다시 두 눈을 가늘게 뜨고 마우스를 손에 잡았다.

'혹시 아들놈이 제 아버지의 필명을 쓴 건가.'

서건우에게는 아들이 하나 있다. 오래전 작가였지만 돌이킬 수 없는 실수를 저지른 후 모든 집필을 그만두고 폐인이 되었다. 문득 생각이 그리로 미쳤다.

뉴스에는 수상자들의 사진이 포함되어 있었다.

태진은 디지털문학상 관련 포토뉴스를 하나하나 클릭하며 서건우라는 이름의 수상자를 찾았다. 이윽고 가족과 친구들 사이에서 환히 웃고 있는 20대 청년의 사진을 발견할 수 있었다.

'아니군. 하긴, 그럴 리가 없지.'

비로소 근심이 지워진 태진은 막내아들에게 연락해 볼 생각을 하게 됐다. 전화를 걸자 명훈은 금세 받았다.

―네, 아버지.

"고생했다."

―……네?

"왜 진즉 말해주지 않았냐. 미리 말해줬으면 온 가족이 축하하러 가줄 수도 있었잖아."

—하지만 최우수상도 아니고…….

"일찍 들어와라. 저녁 먹게."

—알겠습니다.

전화를 끊자마자 똑똑 소리와 함께 큰아들 명석이 들어왔다. 출판사에서 기획한 SF 작가 전집의 표지 샘플들이 두 손 가득 들려 있었다.

"오전에 말씀드렸던 샘플들입니다."

"거기다 둬라. 그보다 너, 알고 있었냐?"

"네? 뭘 알고 있냐는 말씀이세요?"

"명훈이가 디지털문학상인가 뭔가에 참가했다는 거 말이야."

"아니요…… 몰랐습니다."

명석이 뒷머리를 긁적이며 어딘지 자신 없는 말투로 대답했다. 태진의 두 눈은 그 부자연스러운 반응을 놓치지 않았다.

"우수상을 받았더구나."

"우수상이요?"

"제목은 서울의 고독이라고 하던데."

"아아…… 네."

"알고 있었구나."

태진이 두 눈을 부릅떴다. 움찔한 명석은 하마터면 들고 있던 표지 샘플 뭉치를 떨어뜨릴 뻔했다.

“디지털문학상에 참가했다는 사실은 전혀 몰랐습니다. 다만 명훈이가 서울의 고독이란 제목으로 장편을 쓰고 있었다는 건 알고 있었습니다. 읽어봐 달라고 하기에 한 번 읽어준 적은 있습니다.”

“읽어준 걸로 끝냈니?”

“네?”

“명훈이 녀석이 온건히 자신의 힘으로 써낸 글이냐 이 말이다.”

“그, 그럼요. 아버지.”

“확실하지?”

태진이 쉽게 물러서지 않고 다짐하듯 물었다. 명석은 안경을 고쳐 쓰며 헛기침을 하고는 힘차게 고개를 끄덕였다.

“명훈이가 혼자서 쓴 글입니다. 우수상까지 받다니, 축하해 줘야 할 일이에요.”

“알겠다. 나가 봐라.”

명석이 서재를 나섰다. 홀로 남은 태진은 복잡한 표정으로 창가를 바라보고 있었다.

9장
찾는 데가 늘었나

"날이 쌀쌀하네."

"셔츠 한 장 달랑 입고 나왔으니 그렇지, 바보야."

"이렇게 추울 줄 몰랐지. 줘, 내가 들게."

"안 무거워."

"그냥 줘."

재건이 재인의 손에서부터 장바구니를 빼앗듯이 들었다. 양손 가득 저녁거리가 풍성하게 들어 있었다. 오늘 저녁의 메인 메뉴는 보쌈이었다.

"근데 고기를 너무 많이 샀나 봐."

"다 먹을 수 있어."

디지털문학상 시상식으로부터 일주일이 지났다.

재건과 재인 두 남매는 가을빛으로 한껏 물든 한적한 길을 나란히 걷고 있었다.

"표지는 결정됐어?"

"어, 대충 원하는 느낌으로 말해줬어. 프로들이니까 잘 뽑아주겠지."

"종이책은 그럼 언제 나오는 거야?"

"길어야 1개월 내로 나오지 않을까?"

'멍청한 여자'에 관한 대화였다.

디지털문학상은 최우수상이 수여된 작품만 종이책으로 만들어진다. 그 외 수상작은 모두 전자책으로 제작되어 온라인 마켓에만 깔리게 된다.

"소원 성취했네, 내 동생. 장편소설 한 권 종이책으로 내고 싶어서 그토록 안달했었는데."

재건이 대답 대신 히죽 웃었다.

때때로 인세를 손해 보면서도 종이책에 집착하는 이유가 있었다. 일단 작가로서의 로망 때문이다. 형체가 없는 전자책보다는 직접 만지고 펼쳐 볼 수 있는 종이책 쪽이 더 정감이 가는 것이다.

하지만 그보다 더 커다란 이유가 따로 있었다.

재건은 옛날 사람인 아버지를 감동시키고 싶었다.

핸드폰이나 컴퓨터와는 거리가 먼 아버지.

지금도 대형 서점이나 헌책방을 가리지 않고 곧잘 드나들면서 종이책을 사 읽는 아버지.

그런 아버지가 신간 코너에서 아들의 책을 발견하고 감동하는 그 순간을 소망하고 있었다.

"아이구, 무슨 고기를 이렇게 많이 샀어? 네 아버지까지 껴해야 4명인데 이걸 누가 다 먹어?"

집에 돌아오니 어머니 명자가 똑같은 소릴 했다. 싱크대로 장바구니를 가져다 놓으며 재건이 대답했다.

"오늘 삶아서 먹고, 장조림도 하시고, 구워서도 드시고, 찌개로도 해 드시고 하다 보면 금방 다 없어져요."

"그래도 그렇지 얘, 이게 다 얼마야? 너 쓸 곳에 써야지 이렇게 매번……."

"엄마."

재건이 옷소매를 팔꿈치로 걷어 올리며 명자를 돌아보았다.

"돈 걱정 같은 거 하지 마셔. 아들 완전히 자리 잡았어. 이 정도 시장 봐온 게 뭐 대수라고 그런 걱정을 하시는데."

"알았다, 알았어. 아주 그냥, 최우수상 받았다고 젠체하는 것 좀 봐라, 재인아. 내년에는 노벨상이라도 받을 기세다?"

명자가 어이없는 척 콧등을 구겼고 재인은 깔깔 웃었다.

장바구니를 다 정리하고 난 재건은 낡은 집 안을 둘러보며 말을 이었다.

"전세 연장하지 마."

"뭐?"

"집 사서 이사 가자고."

오래전부터 생각했다.

목돈을 모으면 가족들이 살 집을 사서 이사부터 가겠다고.

보수할 데가 한두 군데가 아닌 집이다. 끝도 없는 층간소음에 시달리면서 이 낡은 집에서 오래도 버티고 살았다.

"전에 3,000만 원 준 거랑 이번에 최우수상이랑 우수상 상금 합치면 세금 빼고 2,300만 원 정도 나올 거야. 선인세 개념이니까 돈이 더 나올진 모르겠네. 아무튼 이것만 보태도 이 동네에선 괜찮은 빌라 구입할 수 있잖아?"

"재건아……."

"아니, 생각해 보니 빌라는 아니다. 그냥 한 1년만 더 기다려. 1년 안에 아담하게라도 정원 있는 단독주택으로 가자. 엄마 텃밭 가꾸는 것도 좋아하시고, 우리만 사니까 층간소음 같은 것도 없을 거고."

재건이 혼자서 줄줄이 말을 늘어놓고 있었다.

명자와 재인은 당연히 걱정됐다. 재건이 스스로 채찍질을 하면서 닦달하는 느낌이 들었기 때문이다. 자신이 내뱉은 말을 자신의 머리에 새겨 넣듯이 재건은 몇 번이고 반복해서 말하고 있었다.

"돈이 되는 건 아직까지는 역시 장르 쪽이야. 조만간 또 신작 낼 거고, 아무튼 알았지? 전세 연장하지 마. 집 사서 나갈 거니까."

삑삑.

소리와 함께 현관문이 열렸다. 아버지 하석재였다. 주방에 모여 있는 아내와 두 자식을 보고 그는 두 눈을 깜박였다.

"여보, 재건이가 저녁으로 수육 해 먹자고 장 봐왔어요. 당신도 얼른 씻고 나와요."

"나는 먹었어."

석재가 웃옷을 벗으며 안방으로 향했다.

재건은 아무것도 없는 주방 한구석의 전자레인지를 바라보며 쓴웃음을 짓고 있었다.

"괜히 저러시는 거야. 내가 좀 이따 데리고 나올게."

명자가 팔꿈치로 재건의 허리춤을 치며 소곤거렸다.

재인이 거실 한가운데 널찍한 상을 폈다. 푹 삶은 고기 한 접시와 야채 소쿠리, 밑반찬들과 술잔이 상 위 가득히 깔렸다. 때맞춰 씻고 난 석재가 욕실에서 나오고 있었다.

"여보, 이리 와서 당신 좋아하는 수육에 소주 한잔해요."

"당신이나 애들이랑 맛있게 먹어."

"그러지 말고 잠깐이라도 와서 앉아봐요. 고기가 아주 좋다니까?"

석재는 명자의 말을 들은 척도 하지 않았다. 무표정하게 냉장고를 열더니 보리차를 꺼내 컵에 대고 따랐다. 한 잔의 보리차를 다 마시자마자 그는 즉시 안방으로 몸을 돌렸다.

바로 그때.

"뭐가 그렇게 못마땅하세요?"

재건이 밥상 위로 시선을 내리깐 채 나직이 말했다.

석재가 안방에 들어가려다 말고 천천히 돌아보고 있었다.

"뭐가 그렇게 못마땅하신 거예요. 저녁 식사까지 피하실 정도로 그렇게 아들이 싫으신 겁니까?"

"먹고 왔다고 하잖아, 자식아."

"아니죠, 30분 전에 근무가 끝나셨을 텐데 그사이에 어디서 식사를 하시고 걸어서 집에 오십니까? 그냥 솔직히 말씀하세요. 아들놈 얼굴만 봐도 체기가 올라와서 함께 식사할 수가 없다고요."

"이 녀석이……?!"

"재, 재건아. 너 왜 이래?"

재인의 만류도 소용없었다.

재건은 자리에서 일어나 석재를 바라보고 섰다.

"처음으로 문학상 수상했습니다. 엄청 대단한 규모는 아니지만 최우수상과 우수상 동시에 받았어요. 아버지로서 축하해 주시면 안 되는 겁니까? 아버지 맘에 안 드는 글쟁이 노릇해서 도저히 용서하실 수가 없는 거예요?"

"하아…… 그래, 알았다. 축하한다."

석재가 지쳤다는 듯이 손사래를 치고는 돌아섰다. 재건은 쿵쿵거리며 걸어가 석재의 앞을 가로막고 말을 이었다.

"제가 벌써 얼마를 벌어왔는지 아세요? 이 낡은 집 떠나서 이사도 갈 수 있게 됐다고요. 이래도 글쟁이라서 싫으신 겁니까? 잘 벌기 시작했잖아요. 아버지 아들 계속 잘 해나갈 거예요."

이렇게 되자 석재도 얼굴이 붉게 달아올랐다. 하지만 그는 몇 번이고 벌어질 뻔했던 입을 끝끝내 다물었다. 그리고 말 없이 재건을 지나쳐 안방으로 들어가 문을 닫았다.

"재건아, 이리 와."

재인이 다가와 재건의 팔을 잡아끌었다. 명자는 별말도 없이 베란다의 화분을 바라보며 한숨을 내쉬고 있었다. 언젠가 한 번은 이렇게 충돌할 줄 알고 있었다.

"잘 먹었습니다."

재건은 한마디 말도 없이 빠르게 식사를 마쳤다. 명자와 재인이 번갈아 술을 권했지만 한 모금도 입에 대지 않았다. 술을 마시면 글을 쓸 수가 없기 때문이다.

"이만 돌아갈게요."

"벌써 9시야. 자고 가."

"아니야, 써야 할 글도 있고. 나중에 올게. 엄마, 일찍 주무세요. 누나도."

"요 앞까지 데려다줄게."

재인이 카디건을 걸치고 따라나섰다.

어둠이 내리깔린 거리 곳곳에 가로등이 불을 밝히고 서 있었다. 재건의 팔을 붙잡고 나란히 걸음을 옮기며 재인이 말을 꺼냈다.

"아버지는 불안하셔서 그래."

"뭐가."

"얼마 전에 엄마한테 말씀하시는 거 우연히 들었어. 너 출판사 쪽 일도 배워두는 게 좋지 않겠냐고 하시더라."

"출판사 쪽 일은 왜?"

"여차하면 비빌 언덕이라도 있어야 한다는 거지. 꾸준히 월급 받는 게 제일 안전한 거라고. 아버지가 평생을 그렇게 직장인으로 사셨잖아. 네가 이해해."

"나도 알아."

재건이 스스로에게도 들리지 않을 만큼 작은 목소리로 대답했다. 여전히 아버지는 작가로서의 아들을 믿지 못하는 걸까. 그렇다면 답은 역시……!

눈앞을 지나치던 택시가 가볍게 경적을 울렸다.

상념에서 깨어난 재건은 한 손으로 택시를 잡으며 재인에게 말했다.

"택시 타고 성대역 가서 지하철 탈게."

"그래, 조심해서 가고 전화해."

"알았어."

뒷좌석에 오른 재건은 핸드폰을 꺼내 전화부에서 정소미의 이름을 찾아냈다. 통화 버튼을 누르자 잠깐의 신호음 끝에 소미가 전화를 받았다.

−앗, 안녕하세요. 하재건 작가님.

"네, 소미 씨. 퇴근하셨어요?"

−아니요, 오늘 마무리 작업이 좀 남아 있어서 11시까지는 야근해야 할 것 같아요.

"바쁘시겠네요. 그럼 나중에 전화 드릴게요."

−아니요! 아니요! 지금 말씀하셔도 돼요!

"쉴 만큼 쉬었으니 차기작을 내고 싶어요."

빠르게 지나치는 차창 밖에 시선을 둔 채 재건이 말했다. 즉시 반색을 한 소미의 활기찬 목소리가 되돌아왔다.

−너무 좋죠, 작가님! 디지털문학상 끝나고 아직 힘드실까 봐 말도 먼저 못 하고 조마조마한 마음으로 기다리고 있었어요! 조만간 한 번 뵐까요? 편집장님한테 말씀드리고 나서 다시 전화를 드릴게요.

"알겠습니다, 그럼 수고하세요."

—네, 하 작가님도요!

전화를 끊는 동시에 재건은 종이책에 관한 로망도 버렸다. 아버지에게도 할 만큼 했다는 생각이 들었다. 등받이에 편안히 몸을 기댄 채, 재건은 최근 장르 쪽에서 가장 크게 대두되고 있는 판매 방식의 장단점을 하나하나 따져 보기 시작했다.

이른바 유료 연재.

종이책이 아닌 오로지 온라인 판매 방식이라는 점에 있어서는 전자책과 같다. 그러나 종이책처럼 '한 권'의 형식을 띤 전자책과 달리, 유료 연재는 5,500자에서 6,000자 사이의 '한 편'을 연속적으로 연재하는 것을 뜻한다. 작품마다 다르지만 대략 20~25편이 1권 분량이 된다.

재건은 신작을 유료 연재로 해볼 계획이었다.

종이책에 로망을 버렸으니 이제 중요한 요소는 돈이다.

유료 연재 1편에 100원. 서비스 업체와 매니지먼트에 수수료를 떼어주고 나면 50원 전후의 돈이 작가에게 들어온다. 조회수가 1,000이면 수익은 약 50,000원이 된다는 얘기다.

"여기쯤 세워드리면 될까요?"

"네, 고맙습니다. 수고하세요."

재건은 택시에서 내려 지하철역으로 향했다.

주머니에 두 손을 찔러 넣고 걸으며 재건은 차기작으로 무엇을 쓸 것인지 생각했다.

'딱히 떠오르는 게 없네.'

아버지와의 문제 때문일까.

아니면 여태껏 쉬지 않고 달려와 방전이라도 된 걸까.

떠오르는 스토리 원안 자체가 없었다. 글을 써야 할 텐데 무엇을 쓸지 갈피가 잡히지 않았다.

검과 마법이 난무하는 판타지, 무림의 고수가 강호를 누비는 무협 그 어느 쪽도 마찬가지였다. 지하철에 올라 서울권에 진입하는 내내 그 어떤 이야기도 구상되지 않았다.

재건은 노약자석 측면의 입구 옆에 기대어 메모장과 볼펜을 꺼내 들었다.

필기구를 지니고 다니는 건 오래된 습관이었다. 핸드폰 메모장과는 달랐다. 인물과 사건, 그리고 배경 따위를 하나하나 펜으로 적어가다 보면 어느 순간 기적처럼 이야기가 풀릴 때가 있었다.

'아, 뭐야…….'

잉크가 떨어졌는지 볼펜이 써지질 않았다.

재건은 한숨을 내쉬며 필기구를 도로 품에 넣었다. 조용한 집으로 돌아가서 차분히 고민해 보기로 결정하고, 그는 차창 밖의 어두운 풍경으로 시선을 고정시켰다.

"야옹, 야옹."

"으으, 리카. 하지 마."

"야옹, 야오옹."

"왜 그래, 나 조금 더 자야 돼. 자게 해달라고."

재건이 졸린 목소리로 애원하며 돌아누웠다. 그러나 리카는 사정을 봐주지 않았다. 계속 울음소리를 내면서 재건의 등허리를 집요하게 긁어댔다.

드르륵! 드르륵!

점점 잠이 달아나면서 침대 머리맡의 진동이 확연하게 느껴졌다. 재건은 손을 뻗어 핸드폰을 끌어당기면서 중얼거렸다.

"아으, 전화 받으라고 깨운 거냐. 안 받아도 된다고."

액정을 보니 모르는 번호였다.

귀찮아서 내던져 버리려는 재건에게 리카가 날카로운 눈빛을 들이댔다. 절대로 고이 자게 두지 않을 거라고 말하는 듯한 눈빛이었다.

재건은 멀거니 리카와 눈을 마주한 채, 핸드폰을 귀에 들이댔다.

"여보세요."

–안녕하세요, 하재건 작가님이세요?

모르는 번호에 이어 모르는 남자의 목소리가 묻고 있었다.

재건은 상체를 부스스 일으키며 대답했다.

“네, 그런데요.”

–실례합니다, 저는 검색 포털 사이트 네이빈 장르 문학 서비스 기획 업무를 맡고 있는 안택원이라고 합니다.

“아아, 네. 안녕하세요.”

재건이 침대 밑으로 두 다리를 내리고 일어섰다.

디지털문학상 담당자에게 언뜻 들었던 이야기들이 뇌리에 떠오르고 있었다.

조만간 몇 군데 업체에서 취재 요청이 갈 거라고 했었는데, 그중 하나가 네이빈이었던가.

–하재건 작가님의 집필 성향이나 그와 관련된 일상 등등에 관해 인터뷰를 하고 싶습니다. 인터뷰 결과는 네이빈 메인 ‘이달의 책’ 코너에도 소개될 예정이고요.

재건은 이제 잠이 완전히 깨버렸다.

네이빈은 동명의 국내 최대 검색 포털 사이트 네이빈을 운영하는 인터넷 전문 기업이다.

창립된 지는 약 15년. 하루 평균 이용자 수는 1,800만 명, 회원 수는 4,000만 명, 글로벌 서비스 가입자 수는 세계 230개국 5억 명을 돌파한 명실공히 국내 최대 규모를 자랑하는 포털 사이트다.

이런 네이빈에서 자신의 취재 내용을 메인화면 코너에 등록시켜 주겠다니.

재건도 사람이니만큼 흥분되지 않을 수가 없었다. 신이 나서 펄쩍 뛸 만큼은 아니었지만 체감이 될 정도로 맥박이 확연히 빨라지고 있었다.

—본사로 오셔도 되고 원하시는 편안한 장소를 택하셔도 좋습니다. 하지만 저희 쪽 입장에서는 가능하면 하 작가님의 작업실에서 인터뷰를 진행하고 싶은데요. 어떠세요?

"제 작업실에서요?"

재건은 그렇게 되물으며 자신의 원룸 내부를 돌아보았다.

글을 쓰면서 살아가는 데에 필요한 최소한의 물품들만으로 구성된 조촐한 이 방이 자신의 유일한 작업실이었다.

—네, 작가님. 어려우실까요?

"아니요, 그렇진 않습니다."

재건이 망설임 없이 대답했다.

전력으로 지금껏 글줄을 뽑아냈던 소중한 작업실이다.

화려함은 없지만 부끄러움도 없다. 애초에 글을 쓰는 사람이 초라한 작업 환경으로 수치심을 느낀다는 것 자체가 오류 아닌가. 그런 생각으로 재건은 즉각 말을 이었다.

"제 집에서 진행하셔도 괜찮습니다. 저도 편하고요."

–정말 감사합니다. 그럼 일정을 잡아야겠는데요. 금주 중에 괜찮으신 날이 있으면 말씀해 주세요.

"으음, 목요일쯤 어떨까요?"

–알겠습니다. 그럼 하루 전에 다시 연락을 드리겠습니다. 그리고 작가님 메일로 대략적인 인터뷰 문답을 보내드릴 테니 한번 미리 훑어봐 주시면 감사하겠습니다.

"알겠습니다."

–네, 그럼 수고하세요.

전화를 끊고 난 재건은 침대에 앉은 리카를 내려다보았다. 눈길을 의식한 리카는 모로 눕더니 아양을 부리듯 몸을 뒤틀었다.

"네이빈 전화라서 이렇게까지 깨웠구나. 그런 거지?"

"야옹."

"그래, 네가 내 매니저 해라. 아무튼 밥부터 먹자. 너도 배고프겠고 나도…… 아오, 이건 다 뭐야. 내가 어제 이렇게 많이 마셨던가?"

방바닥에 나뒹구는 맥주 캔이 10개를 넘어가고 있었다. 글이 구상되지 않는다는 이유로 간밤에 마셨던 지저분한 흔적이었다. 재건은 허리를 굽히고 캔을 주워 들었다.

드르륵!

"또 무슨 전화야."

청소를 시작하려는 참에 또 전화가 걸려왔다.

액정을 보니 이번엔 스타북스의 권태원 편집장이었다. 재건은 어젯밤 소미와 통화했던 기억을 떠올리며 전화를 받았다.

"네, 편집장님."

–하 작가님, 차기작 쓰시려고 하신다면서요? 소미 씨에게 듣고 바로 전화 드리는 거예요. 저한테 바로 말씀하시지 그러셨어요.

"하하, 네. 아무래도 소미 씨가 제 전담이고, 편집장님은 저 말고도 다른 작가분들 때문에 바쁘실 수도 있을 것 같아서요."

재건의 말에 거짓은 없었다. 태원은 언제나 바빴다. 눈코 뜰 새 없이 바쁘면서도 스타북스 소속의 모든 작가에게 성의를 다하는 그의 인성과 체력이 경악스럽기만 할 뿐이었다.

–차기작은 어떤 걸로 쓰실지 구상은 하셨어요?

"그게요, 편집장님. 아무래도 이어서 써야 할 것 같아요."

–이어서요? 지존록 시리즈요?

"네."

재건이 리카의 목덜미를 어루만지며 대답했다.

기존의 흥행한 작품 세계관을 이어서 쓰는 것.

이것이 어젯밤에 내린 결론이었다. 당장 떠오르는 새로운 이야기가 없는데 출간은 서두르고 싶으니 자연스레 이쪽으로 마음이 기울었다.

무림지존록의 주인공과 현대지존록의 주인공은 서로 다른 인물이다. 하지만 그들이 얻은 힘의 원천은 같다. 그 힘의 원천이 자리한 이계를 배경으로 삼아 두 주인공이 격돌하는 마지막 3부작을 쓸 생각이었다.

"편집장님 생각은 어떠세요?"

대략적인 줄거리를 이야기하고 난 재건이 넌지시 물었다.

태원은 한동안 쉽게 대답하지 못했다. 그런 끝에 조심스럽게 운을 뗐다.

—나쁘지는 않아요. 일단 앞선 두 지존록이 잘 팔렸으니까요. 걱정되는 건 주인공이 둘이라는 거예요. 판무에서 투톱 체제는 아무래도 독자들이 꺼려하는 경향이 있으니까요.

"네, 저도 그런 생각은 했었어요."

—그리고 유료 연재도 불안해요. 지금까지 종이책으로 나갔던 작품들인데 세계관이 이어지는 작품을, 그것도 유료 연재로 바꿔서 내보내는 건 좀 무리수라고 봐요. 종이책 독자들이 전부 유료 연재로 따라와 줄 거라는 보장이 없거든요.

"그러면 종이책으로 낼게요."

속으로 '이번까지만'이라고 재건은 덧붙이고 있었다.

수화기 저편에서 태원이 옷가지를 챙기는 듯한 소리가 일었다.

–알겠어요, 작가님. 일단 한번 뵈어야 할 것 같은데 언제가 좋으세요? 저는 오늘도 괜찮고 아무 때나 좋습니다.

"그럼 오늘 뵙죠. 바람을 좀 쐬고 싶은데, 제가 구로까지 나가겠습니다. 저녁 때 뵐까요?"

–그렇게 하시죠, 그럼. 오늘 아예 저랑 같이 저녁 드시죠. 7시쯤 뵙는 걸로 해요, 작가님.

"네, 그럼 이따 뵐게요."

전화를 끊은 재건은 남은 청소를 후다닥 끝낸 뒤 컴퓨터 앞에 앉았다. 씻지도 않아서 기름이 낀 얼굴을 대충 문지르며 그는 워드 프로그램을 실행시켰다.

"후우, 7시까지 대충 6시간 남았네. 시간은 충분해."

태원에게 보여줄 지존록 시리즈 마지막 작품의 얼개를 간략하게라도 작성해야 한다.

재건은 타자를 두드리며 줄거리를 작성해 나갔다. 확실히 기존에 완성된 이야기를 토대로 하는 것이기에 새로운 창작에 비해 작업 능률은 좋았다.

정신없이 작업에 빠져들기 시작할 무렵.

딩동!

현관의 초인종이 울리며 재건의 작업을 정지시켰다.

거의 울릴 일이 없는 초인종 소리가 낯설어서 재건은 흠칫 떨며 몸을 일으켰다.

"누구세요?"

"접니다, 작가님. 마종구 실장입니다."

"……네?"

재건이 뜨악한 얼굴로 문을 열어주었다.

두 사내가 얼굴 가득히 더 이상은 환할 수 없는 미소를 짓고 서 있었다.

해태미디어의 마종구 실장과 박경수 대리였다. 두 사람 모두 커다란 박스를 두 손에 들고 있었다.

"실장님, 대리님. 연락도 없이 어쩐 일이세요?"

"하 작가님께 드릴 선물이 있어서 찾아뵈었습니다."

"아니, 네. 감사한데…… 제가 집에 없었으면 어쩌시려고 이렇게 연락도 없이 찾아오신 건데요?"

"하하하, 그 경우까지는 생각하지 못했습니다. 다시 찾아뵈어도 되고, 아니면 작가님께 그때 돼서 전화를 드려도 되는 일이기도 하고요."

종구가 너털웃음을 터뜨리며 대답하고 있었다.

재건은 어처구니가 없다 못해 짜증조차 나질 않았다. 그야말로 질풍노도의 기세로 밀어붙이는 영업 방식. 과연 이것이 해태미디어 스타일인가.

"일단 들어오시죠."

"아이쿠, 작가님 작업하시는 중 아니셨나요?"

그렇게 말하면서도 종구는 벌써부터 구두를 벗고 있었다.

재건이 옆으로 비켜서자 종구와 경수는 집 안으로 들어와 두 박스를 차례차례 바닥에 내려놓았다.

"이것들은 뭔가요?"

"녹용입니다. 그냥 녹용 아니고 아주 좋은 건데, 반년은 넉넉히 드실 수 있을 겁니다. 작가님 요즘 너무 마르셨어요. 건강 챙기시고 좋은 글 많이 써주시길 바라는 저희 해태미디어의 마음입니다."

종구의 말이 미리 준비한 대사인 것처럼 술술 나왔다.

재건은 어안이 벙벙한 채로 고개를 까닥이며 감사를 표하고는 각기 다른 모양의 컵을 둘 꺼내 들었다.

"커피 한 잔씩 하세요."

"아이구, 잘 마시겠습니다."

"저는 화장실 좀 쓰고 나오겠습니다."

인간적으로 대화하기에 앞서 세수와 양치질 정도는 해야지 싶었다. 재건은 목에 수건을 두르고 욕실로 들어가 문을 닫았다.

재건이 사라지자 종구는 기다렸다는 듯이 경수의 귀에 대고 속삭였다.

"박 대리가 눈치 봐서 말 꺼낼 거지?"

"오늘은 녹용만 드리고 가는 게 낫지 않을까요? 너무 속 보이는 것 같아서요. 며칠 뜸을 들였다가……."

종구가 아주 작게 혀를 끌끌 찼다.

"이 친구 이거 아직도 이런 훈장 같은 소리만 해대네. 요즘 작가들은 선점 못 하면 끝장이야. 게다가 하 작가님은 대어라고. 뜸 들였다가 밥 죄다 누렇게 뜨면 박 대리가 책임질 거야? 박 대리도 대표님한테 쪼인트 까이고 싶어?"

"으음……."

경수는 쉽사리 대답하지 못하고 신음을 흘렸다.

방 안을 둘러보던 종구의 눈에 노트북 화면이 들어왔다. 종구는 이끌리듯 그리로 다가가 화면을 들여다보고는 두 눈을 큼지막하게 떴다.

"이거 봐, 박 대리. 벌써 하 작가님 스타북스에서 지존록 시리즈 이어서 쓰려고 하는 거 아냐?"

뒤따라 노트북을 들여다본 경수도 두 눈을 동그랗게 떴다.

"엇, 그런 것 같은데요."

"그런 것 같은데요? 이런 바보 같은 소릴! 이거 봐. 속 보인다느니, 뜸 들이자느니 우물쭈물하는 사이에 또 놓치면 누가 책임……."

끼이이익!

욕실 문이 열리는 소리가 울리자 종구와 경수는 즉시 바닥에 철퍼덕 주저앉았다.

재건이 나오고 있었다. 태연한 척 잔을 들어 입가로 가져간 종구는 커피가 너무 뜨거워서 외마디 비명을 지르며 뱉고 말았다.

"괜찮으세요?"

"괘, 괘, 괘, 괜찮습니다. 작가님, 괜찮아요."

종구가 티슈를 뜯어 정신없이 입 주변과 바닥을 닦으며 대답했다. 재건은 쓴웃음을 지으며 그들 앞에 마주 앉았다. 그리고 나직이 물었다.

"차기작 말씀하시려고 오신 거죠?"

종구와 경수는 할 말을 잃었다.

어떤 방식으로 어떻게 말을 꺼낼지 적기를 찾고 있는 와중에 재건이 먼저 기습적으로 질문을 던져 버린 것이다.

"아하하…… 꼭 그렇다기보다는 말입니다……."

종구는 긍정도 부정도 아닌 애매한 말끝을 흐리며 옆의 경수를 힐끗 쳐다보았다.

바통을 건네받은 경수가 초조하게 손가락을 꼼지락거리며 말을 이었다.

"꼬, 꼭 그런 것만은 아니고요. 페젤론의 마법사도 14권으로 완벽하게 완결내 주셨고, 책도 잘 팔려서 감사하는 마음에 찾아뵈었고요……. 으음…… 그래서 건강도 챙기시면서 집필하시면 좋겠다는 마음에 녹용을…… 아니, 죄송합니다. 이건 아니구요. 네, 그렇습니다."

"뭐가 그래요?"

"네?"

"지금 박 대리님께서 '그렇습니다'라고 하셨잖아요. 말씀하신 대로 주신 녹용이나 감사히 먹으면 되는 거죠? 건강 챙기면서 저 쓰고 싶은 글이나 쓰면서 지내게요. 이제 이야기 끝난 거죠?"

"아니, 그게 말입니다. 작가님……!"

당혹해서 말을 이어가려던 경수는 일순 멍해졌다. 재건의 얼굴에 짓궂고도 장난스러운 웃음이 어려 있는 것이 아닌가.

"농담 좀 해봤습니다."

"하, 하하하……. 참, 하재건 작가님께서도 농담을 다 하시네. 이대로 쫓겨나는 줄 알았습니다. 아하하하."

진땀을 빼고 있던 종구가 이마를 훔치며 너스레를 떨었다.

다소 부드러워진 분위기 속에서, 어느새 재건의 시선은 자신이 작업하던 노트북 화면으로 향하고 있었다.

"지금 지존록 시리즈 구상하고 있어요. 무림지존록이랑 현대지존록 주인공들로 마지막 3부를 쓰려고요."

"아아, 네. 그러시군요. 많이 바쁘시겠습니다. 저희는 작가님을 재촉할 의도가 전혀 없습니다. 그저……."

"아니요, 바쁜 건 문제가 아닙니다."

재건이 정색하고 종구의 말을 잘랐다.

"스토리만 정해지면 글은 나오게 돼 있어요. 다른 작가들은 어떨지 모르겠지만 저는 그렇습니다. 그게 문제입니다. 지금 전혀 떠오르는 이야기가 없어요. 그게 차기작에 대해 말씀을 드릴 수가 없는 이유입니다."

"으음, 네……. 그렇다면 한번 저희와 함께 기획…… 아니, 아무것도 아닙니다."

종구가 하던 말을 멈추고 제 입을 다물었다.

제 발이 저린 소리를 할 뻔했다. 자신이 그토록 박대했던 재건에게 기획 소설을 언급하려고 하다니.

기획 소설이라는 건 출판사에서 총체적인 스토리를 정해 주고 작가가 거기에 맞춰 소설을 쓰는 것을 뜻한다. 도저히 스토리가 구상되지 않는 작가를 위한 것이다.

스토리를 정해줬다고 해서 딱히 더 이득을 챙기려는 부당한 출판사는 거의 없다. 이것은 그저, 출판사와 작가 양쪽 모두 상부상조할 수 있는 방식의 일환이라고 볼 수 있었다.

오래전 종구는 재건에게 스토리를 기획해서 전해 준 적이 있었다.

그리고 재건이 거기에 맞춰 써온 초고를 세 번이나 본인의 손으로 엎어버렸다.

엎어버린 이유는 간단했다. 재미가 없었기 때문이다. 어쨌든 이러한 과거가 있기에, 종구는 차마 기획해서 소설을 써보자는 이야기를 먼저 꺼낼 수가 없었다.

정적 속에서 리카가 하품하듯 작은 울음소리를 냈다.

선선한 가을바람이 창문의 커튼을 스치며 지나가고 있었다.

말없이 커피만 홀짝이던 경수가 문득 두 눈을 살며시 치켜뜨며 입을 열었다.

"하 작가님, 지금 제가 막 생각한 게 있는데요."

"네? 말씀하세요."

창밖을 향해 있던 재건의 시선이 경수에게로 옮겨왔다.

경수는 재건의 노트북 화면을 손가락으로 가리키며 말을 이었다.

"지존록처럼 페젤론의 마법사를 시리즈로 이어서 쓰시면 어떨까요?"

"페젤론의 마법사를요?"

"네, 로이드 모빅이 대마법사가 되어서 결혼하고 아들 낳으면서 행복한 결말이잖아요. 그 아들을 주인공으로 삼아서 2대째의 모험담을 쓰면 재미있는 작품이 나올 수 있을 것 같거든요."

"으음……."

재건이 턱 밑을 긁적이며 생각에 잠겼다.

경수는 금방이라도 재건이 고개를 가로저을까 봐 초조한 마음으로 다급히 말을 계속했다.

“페젤론 세계관을 그대로 계승하는 데다 전작의 캐릭터들을 대폭 활용할 수 있으니 스토리 구상도 어렵지만은 않을 것 같다고 생각해요. 아버지가 대마법사였으니 아들은 검사나 용병으로 만들어도 그림이 나올 것 같고요.”

“잠시만요. 생각 좀 할게요.”

“네, 네. 작가님. 천천히 생각하세요.”

고요 속에서 재건은 차분하게 생각했다.

특별히 어려울 일은 없을 것 같았다.

따지고 보면 지존록 시리즈와 마찬가지다. 전작의 인물들과 세계관을 활용해서 스토리를 구상하면 되는 것이다. 경수의 제안은 새로운 스토리가 구상되지 않는 지금의 재건에게 꽤나 매력적으로 와 닿고 있었다.

“하나만 여쭤볼게요.”

생각을 마친 재건이 고개를 들고 말했다.

종구와 경수는 긴장해서 상체가 뻣뻣해졌다.

“네, 작가님. 마, 말씀하십쇼.”

“시리즈니까 조건은 욕심 없습니다. 전작과 같게 가겠습니다. 다만 이번에도 선인세 3,000만 원 가능합니까?”

종구와 경수의 입이 동시에 벌어졌다.

3,000만 원의 선인세 때문에 놀란 것이 아니었다.

페젤론의 마법사가 권당 6,000부씩이나 팔리는 쾌거를 이뤘으니 이 정도 선인세는 거리낌 없이 지급할 수 있었다. 그들이 놀란 이유는 재건의 질문 자체가 의중을 내포하고 있었기 때문이었다.

"그, 그렇다면 작가님. 차기작을 저희와 이번에 또 하시겠다는…… 그런 말씀이신지……?"

"선인세 3,000만 원 주시면요."

재건이 미소 띤 얼굴로 답했다.

뒤이어 종구와 경수의 얼굴에도 아이처럼 해맑은 웃음이 한껏 피어올랐다.

"무, 물론입니다, 작가님. 선인세 3,000만 원 정도 아무런 문제없습니다. 하 작가님한테 그 정도밖에 못 드려서 오히려 저희가 죄송하죠. 하하, 하하하. 아이고, 감사합니다. 감사합니다, 하 작가님."

연신 고개를 조아리는 종구의 목소리가 격한 기쁨으로 한껏 고조되었다. 조금 더 고조되었다가는 하재건을 위한 찬가라도 부르기 시작할 기세였다.

"말 나왔으니 바로 계약하죠. 계약서 주세요."

"아, 아이고. 네, 하 작가님. 박 대리, 계약서."

"네네, 여기 있습니다."

경수가 부랴부랴 서류 가방에서 계약서를 꺼내 내밀었다.

재건은 빠르게 계약서를 작성하고 서명까지 끝냈다. 제목은 아직 정해지지 않았기에 '페젤론의 마법사 2부'라는 가칭으로 기입해 두었다.

"이거 정말 감사합니다. 전작이 아주 잘나갔으니 이번 작품도 순조롭게 흥행할 겁니다."

"그래야 할 텐데요. 그럼 이제부터 구상을 해봐야겠네요."

재건의 말에 종구와 경수가 황망히 자리를 털고 일어섰다.

"그럼 저희는 작가님 작업에 방해되지 않도록 그만 돌아가 보겠습니다. 아, 선인세는 오늘 저녁이나 늦어도 내일 오전까지는 입금해 드리도록 하겠습니다."

"네, 감사합니다."

종구와 경수가 현관으로 가 구두를 신었다.

재건이 따라 나서려 하자 두 사람은 손사래를 치며 거부했다.

"나오지 마세요, 작가님. 알아서 가겠습니다."

"건필하시고 녹용 꼭 챙겨서 드세요. 그거 이상한 곳에서 아무렇게나 만든 녹용 아니고 정말 좋은 겁니다. 홈쇼핑에도 계속 나와요."

"하하하, 네. 잘 먹을게요. 그럼 살펴 가세요."

계단을 내려오면서 종구는 바로 핸드폰을 꺼내 대표에게 전화부터 걸었다. 결과를 보고하자마자 대표는 걸걸한 목소리로 한바탕 웃음부터 터뜨렸다.

—그래? 아니, 한 방에 차기작 계약을 따내? 너희 두 놈 요즘 왜 이렇게 일을 잘해?! 추석 가까워 오니까 보너스 한 푼이라도 더 받고 싶어서 환장들을 했구만?!

"어이쿠, 그래서 정말 더 얹어주시려고요?"

종구가 생글생글 웃으며 말을 받았다. 혼자 대표실 한가운데에서 지르박을 추고 있을 배불뚝이 대표의 모습이 눈앞에 그려지는 듯했다.

—사무실로 돌아오지 말고 이대로들 가서 쉬어. 아니, 아니지. 니들 아직 점심 안 먹었지? 일단 와서 나랑 밥이나 한 끼 먹어. 그리고 저녁에 좋은 데 가서 술 한잔씩들 하고. 1개까진 봐주지.

"대표님의 1개라면 1,000만 원이겠죠?"

—이 자식이 회사 말아먹을 일 있나. 니가 사장해, 자식아. 젠체하지 말구 빨리 돌아오기나 해.

"네네, 금방 가겠습니다."

전화를 끊은 종구가 경수의 어깨에 팔을 두르며 말했다.

"박 대리 요즘 언변 좋아졌어. 어쩜 그렇게 말을 잘해?"

"제가 뭘요. 실장님이 깔아주신 판에 패만 돌린 건데요."

"일단 대표님이랑 점심 먹자고. 그리고 저녁엔 내가 거하게 쏜다. 대표님의 법. 인. 카. 드. 로. 하하하."

"아하하하."

두 사람이 서로를 마주 보며 한껏 웃었다. 어찌나 웃음소리가 큰지 창문까지 닫은 방 안의 재건에게도 온건히 들려올 정도였다.

'저렇게들 좋은가.'

여전히 실감이 나지 않는 재건이었다.

자신의 말 한마디에 일희일비할 사람들이 생겨났다는 사실이 아직까지도 낯선 느낌이었다. 오래도록 무명으로 살았다. 익숙해지려면 조금 더 시간이 필요한 것일까.

"후우, 어쨌든 그럼 또 계약을 해버렸으니 일이 늘었네. 열심히 달려봐야겠지?"

재건은 우선 이미 시작한 지존록 시리즈의 3부부터 구상을 재개했다. 페젤론의 마법사 후속작은 그다음이다. 그리고 두 작품 모두 구상을 끝내면 5권 단위로 번갈아서 쓰기로 대략적인 계획을 잡았다.

탁! 타다닥! 타닥! 타다다닥! 타닥!

1시간이 지나고 2시간이 지났다.

간밤에 술을 마신 탓에 금세 피로가 몰려왔다.

예전의 재건이었다면 저녁의 약속을 고려해서 이쯤에서

멈추고 쉬었을 터였다.

하지만 이제는 체력을 걱정해서 작업을 그만둘 필요가 없어졌다. 서건우의 머그컵이라는 든든한 조력자가 생겼으니까. 외출 직전에 커피 한 잔 시원하게 타서 마셔 버리면 한 방으로 체력이 원상 복구!

"후우, 얼굴 뜨거워. 어깨 빠질 것 같아."

4시간이 지났을 즈음 재건은 키보드를 두드리던 손을 멈추고 양어깨를 번갈아 주물렀다. 서건우의 노트북은 시간당 1만 자를 쓸 수 있게 해주는 능력은 있을지언정 그로 인한 재건의 육체적 피로까지 보듬어주지는 못했다.

"안 되겠다. 대충 절정 부분까진 스토리 짰으니까 오늘은 이만해야겠다. 아우, 피곤해서 죽을 거 같다."

"야옹, 야옹."

리카도 이만하면 됐다는 듯이 울면서 앞발로 재건의 배를 꾹꾹 눌러댔다. 재건은 리카를 품에 안고 벽시계를 바라봤다. 이제 약속 시간까지 딱 2시간 남았다.

재건은 서둘러 샤워를 한 뒤 얼마 전 인터넷으로 구입한 깔끔한 옷으로 갈아입었다.

흐트러진 머리를 정리하면서 재건은 거울을 통해 보이는 리카에게 말했다.

"매번 혼자 나갔다 돌아오곤 해서 미안해. 어지간하면 데려가겠는데, 오늘도 저녁 먹는 자리라 널 데리고 들어갈 수가 없을 거야. 그게 아니더라도 대중교통 때문에…….”

재건이 말하다 말고 리카를 돌아보았다.

리카는 왜 그러냐는 듯이 고개를 갸웃거리고 있었다.

“그래, 그거야. 너랑 최대한 붙어 있을 수 있는 방법. 차를 한 대 사야겠어.”

“야옹?”

“선인세로 3,000만 원 들어오면 바로 차를 한 대 사야지. 왜 진작 차를 살 생각을 안 했지? 내가 대중교통 좋아하고 술도 좋아하지만 그래도 가끔은 너랑 같이 다니고 싶단 말야. 아니, 가끔이 아니라 자주. 매일매일.”

재건이 리카를 끌어안고 얼굴을 마구 부비며 말했다.

리카가 귀찮은 기색으로 저항하고 있었지만 재건은 놔주지 않았다.

“근데 차를 사본 적이 있어야지. 면허도 스무 살 때 따고 완전 장롱면허고. 길에 보이는 대리점에 들어가서 상의부터 해봐야겠지? 인터넷으로 알아보는 게 더 편할까?”

“야아오옹~!”

“성질부리는 거봐. 내가 귀찮다는 거냐? 어이없네.”

재건이 짐짓 삐친 척 투덜거리며 리카를 놓아주었다. 바로 그 순간, 한 가지 간단한 방법이 그의 뇌리에 번득였다.

"그래, 내가 왜 이 생각을 못했을까. 이런 바보 같으니."

재건은 자조하듯 중얼거리며 핸드폰을 들었다. 전화부에서 마종구 실장을 찾아낸 그는 지체 없이 통화 아이콘을 눌렀다.

-네, 하 작가님!

"죄송해요, 실장님. 부탁드리고 싶은 게 있는데요."

-부탁이요? 하하하, 네. 뭐든지 말씀하세요. 제가 할 수 있는 거라면 물불 안 가리고 도와드리겠습니다.

리카는 캣타워 위로 뛰어올라 몸을 웅크린 채 재건을 내려다보고 있었다.

몸짓 하나하나가 귀엽기 짝이 없는 리카를 두 눈에 담고서 재건은 핸드폰에 대고 대답했다.

"저, 차 한 대만 사주세요."

-네? 차요?

되묻는 종구의 목소리가 기묘하게 꺾이고 있었다.

재건은 컴퓨터 앞에 앉아 인터넷으로 차종을 검색하며 대답했다.

"저 주실 선인세로요. 3,000만 원 이하로 적당한 차 한 대 구입하고 싶어서요. 제가 차를 사본 경험이 없어서 실장님 도움을 빌리고 싶습니다."

-아아, 그런 말씀이셨군요. 아하하…….

“안 될까요?”

–안 되긴요. 가능합니다. 그럼요. 어떤 차종을 원하세요, 작가님?

“글쎄요, 차종은 모르겠고 준중형 중에 적당한 걸로요. 연비 좋고 유지비 크게 들지 않는 차량이 좋겠습니다.”

화면에 뜬 자동차 사진들을 눈으로 훑으며 재건이 말했다.

처음엔 경차를 고를까도 싶었지만 이따금 가족이나 친구들이 동승할 것을 생각하고 준중형으로 마음을 정했다.

쓸데없이 비싸고 큰 차는 필요하지 않았다. 자동차로서의 제 기능만 올곧게 갖추고 있으면 그걸로 충분했다.

–준중형이라, 아반테가 좋을 거 같은데요, 작가님. 신 모델 가격대가 1,400부터 2,400 정도까지 있어요. 어떠세요?

“알아서 좋은 차로 정해주세요. 옵션도 실장님 임의로 좋게 맞춰주시고요.”

–네네, 작가님. 잠시만요. 으음…… 아반테…….

전파 너머에서 종구가 메모를 시작한 듯이 중얼거렸다.

–옵션은 제가 알아서 맞춰드리고, 색상은요?

“검은색으로 부탁드릴게요.”

–블랙이요……. 네, 알겠습니다.

“급하지 않으니까 시간이 걸려도 괜찮습니다. 이번 차 구매 도와주시면 정말 열심히 쓰겠습니다.”

—아하하하, 네. 작가님, 알겠습니다. 제가 조속히 알아보고 연락드리겠습니다.

전화를 끊고 난 재건은 후련하게 숨을 내쉬며 리카를 돌아보았다.

리카는 성가신 재건의 손길을 피하고 싶다는 듯이 캣타워 위에서 움직이지 않고 있었다.

"차가 마련됐어. 이제 조만간 같이 나가자. 공원도 가고, 네 친구들도 만나고 그러자고."

평소에는 으레 나오는 울음소리 대답조차 없었다.

외출할 채비를 진즉에 마친 재건은 책상 가장 아래 서랍을 열었다. 서건우의 머그컵이 들어 있었다. 소중한 물건이라는 걸 알고 난 이후부터는 줄곧 싱크대 선반 대신 서랍에 숨겨두고 있었다.

"후, 이게 마법이지."

머그컵으로 마신 커피 한 잔에 온몸을 짓누르던 피로가 말끔히 가셨다.

재건은 리카에게 다시금 손을 흔들어 인사한 다음 경쾌한 발걸음으로 집을 나섰다.

10장
중요한 건 무엇인가

"묶어두라고요?"

스타북스 출판사 대표실 내부.

소파에 앉은 태원은 아연실색했다.

맞은편에서 스타북스 대표 박재국이 근엄한 표정으로 고개를 끄덕이고 있었다.

"그래, 묶어둬. 전속 계약서에 도장 찍게 해. 오늘 차기작 얘기하면서 어떻게든 구워삶으라고."

"……!"

태원은 쉽사리 대답하지 못하고 시선을 떨어뜨렸다. 흘러내린 그의 은테 안경이 콧잔등 위에 위태로이 걸쳐 있었다.

재건과의 차기작 계약 일정을 보고하러 대표실에 들어온

참이었다.

그런데 이야기를 듣고 난 재국은 기다렸다는 듯이 전속 계약을 따내라는 어려운 지시를 내린 것이다.

“나도 어지간하면 묶어두는 건 싫어. 기분파 작가들 관리도 어렵고. 그래도 하재건은 잡아야 돼. 하재건 작품 하나가 어지간히 평타 때린 다른 작품 세 개, 아니지, 다섯 개를 소화하고 있잖나. 돈을 벌어야 회사가 크지. 안 그런가?”

여전히 태원은 그 어떤 대답도 할 수가 없었다.

우선 재건이 전속 계약을 받아줄 것 같은 확신 자체가 들지 않았다.

만약 자신과의 정을 이기지 못해 어쩔 수 없이 받아준다고 해도 문제였다.

스타북스 전속 작가가 되고 나면 재건은 다른 출판사와 일절 계약을 할 수 없게 된다. 작품이 아니라 작가가 계약의 주체가 되기 때문이다.

태원이 아는 재건은 진심으로 글을 사랑하는 작가였다.

결코 장르 소설 계열에서만 활동하고 만족할 작가가 아니었다. 디지털문학상에서 보편적인 감성의 일반 소설로 수상한 것만 봐도 그 능력은 이미 증명됐다.

앞으로도 얼마든지 저변을 넓히고 성장할 수 있는 가능성이 무궁무진한 작가.

그런 재건에게 스타북스의 전속 작가가 되기를 부탁하는 자체가 태원에게는 힘든 일이었다. 회사의 이익 이전에 사람 대 사람으로서의 문제였다.

재건과 알고 지낸 세월도 이제는 하루 이틀이 아니다. 자유로운 창작 활동에 조금이라도 제동을 걸고 싶지 않았다.

"왜 또 대답이 없나?"

재국이 채근하듯이 물었다.

태원은 상념에서 깨어나 재국에게로 시선을 향했다.

"잠시 생각을 좀 했습니다."

"무슨 생각?"

"하 작가님은 전속 계약을 받아들이지 않을 겁니다."

재국이 한심스럽다는 듯이 쳐다보며 혀를 끌끌 찼다.

"어떻게든 구슬려서 받아들이게 만드는 게 자네 할 일 아닌가? 요즘 일하는 스타일이 영 이상해졌어. 자네 왜 이렇게 변했어?"

'변한 것은 제가 아니라 대표님 아닐까요'라는 말이 태원의 목구멍까지 올라왔다 도로 내려갔다.

점점 더 명확해지고 있었다. 이제 나이 든 대표의 뇌리에 '작가=돈'이라는 공식이 완전히 새겨진 듯싶었다. 몇 년 전까지만 해도 이 정도로 노골적이지는 않았다.

"잘 좀 얘기해 봐, 어?"

재국이 태원의 어깨를 다독이며 부드러운 어조로 말했다.

“자네 없으면 누굴 믿고 이 커다란 출판사를 돌리겠나? 자네랑 내가 몇 년을 같이 일했어? 이제 곧 10년이야, 10년. 잘 끝내고 가족들이랑 한 일주일 쉬다 와. 휴가비 넉넉하게 챙겨줄 테니까.”

재국의 호의가 태원은 조금도 고맙지 않았다.

어쨌거나 지금 이 자리에서는 고개를 끄덕일 수밖에 도리가 없었다.

“잘 얘기해 보겠습니다.”

“그래, 시간 상관없으니까 바로 전화주고.”

대표실을 나선 태원은 사무실로 돌아왔다.

파티션 너머로 소미의 뒷모습이 보였다. 머리를 질끈 묶고서 키보드를 힘차게 두드리며 교정 교열 작업에 매진하고 있었다.

불현듯 태원의 입가에 쓴웃음이 번졌다.

태원의 눈에 비치는 소미는 편집자로서 진심으로 일을 즐기고 있었다. 처음 이 바닥에 들어왔던 자신의 예전 모습이 그녀의 위로 겹쳐지는 듯했다.

‘오래됐지.’

태원은 스스로를 향해 중얼거리며 잠시 멈췄던 걸음을 내디뎠다.

오르막이 있으면 내리막도 있는 법. 활기 넘치는 신입 직원 소미를 보고 있자니 자신이 앞으로 나아가야 할 길이 어렴풋하게나마 보이는 듯도 했다.

"소미 씨."

"아, 네. 편집장님."

소미가 화들짝 화면에서 시선을 떼고 올려다보았다. 그녀의 화면에 눈을 들이밀며 태원이 물었다.

"아직 일 많이 남았어요?"

"아니요, 오늘 보낼 건 끝내뒀어요. 이건 짬이 난 김에 미리 끝내려고 시작한 거예요."

"그럼 퇴근할 준비하세요. 저랑 같이 외근 나가요."

"외근이요? 아, 하 작가님이요?"

태원이 대답 대신 씩 웃더니 자신의 자리로 향했다.

소미는 곧바로 작업 중인 파일을 저장한 다음 컴퓨터 전원을 껐다. 웃옷과 가방을 챙기면서 그녀는 배시시 웃고 있었다.

'작가 모임 이후로 한 번도 못 봤지?'

재건과 만날 생각을 하니 이상하게 즐거워지는 마음을 감출 수가 없었다. 보기만 해도 힘이 되는 사람. 편안한 미소와 부드러운 말투, 일할 때의 열정적인 눈빛들이 하나하나 눈앞에 되살아나고 있었다.

"전 준비 끝났어요, 편집장님."

"네, 그럼 바로 나가죠."

두 사람은 나란히 엘리베이터를 타고 주차장으로 내려갔다.

태원의 자동차 조수석에 몸을 실으면서 소미가 물었다.

"오늘도 구로에서 뵙는 건가요?"

"네, 하 작가님이 그쪽 좋아하시고 또 편해서요."

시동이 걸린 차가 미끄러지듯 주차장을 빠져나갔다.

한동안 태원은 운전만 할 뿐 말이 없었다.

소미도 먼저 말을 걸지 않고 차창 밖 풍경에만 눈길을 주고 있었다.

적신호등 앞에서 차가 멈춰섰을 즈음, 교통 정보가 흘러나오는 라디오의 볼륨을 낮추며 태원이 말을 꺼냈다.

"지금 가면서 미리 얘기해 둘게요."

"네, 편집장님. 말씀하세요."

"대표님이 하 작가님이랑 전속 계약 따내라고 하시네요."

"전속 계약이요?"

소미가 두 눈을 휘둥그레 떴다.

"그렇게 계약하시면 하 작가님 다른 글은 못 쓰시는 거 아니에요?"

"그렇게 되겠죠. 하 작가님의 글이라면 단 한 작품도 놓치기 싫으신가 봐요."

소미는 입가에 쓴웃음이 걸린 태원의 옆얼굴을 멀거니 바라보았다. 아직도 새파란 신입 편집자로서 할 말이 떠오르지 않았다.

"저 조만간 그만두려고요."

"그만…… 두신다고요? 회사를요?"

그야말로 점입가경이었다.

놀라서 입을 다물지 못하는 소미를 옆에 두고 태원은 무덤덤하게 말을 이어 나갔다.

"오래 있었죠. 사내 분위기도 그렇고 이제는 다른 길을 찾아봐야 할 때가 온 것 같아요. 기왕이면 밀려 나가기 전에 모양 좋게 알아서 나가야죠."

"하, 하지만 편집장님……! 제가 이런 말씀드리는 거 실례일지도 모르겠지만 일 정말 잘하시잖아요. 대표님의 두터운 신임도……."

"그 대표님의 두터운 신임에 부응할 수 없게 돼서 그래요."

소미의 말이 끝나기도 전에 태원이 자르듯이 말했다. 신호가 녹색으로 바뀌자 그는 액셀을 밟으며 덧붙였다.

"일단 소미 씨만 알고 있어요. 소미 씨한테는 미리 말해줘야 할 것 같아서 얘기한 거니까요."

"네……."

소미가 고개를 떨어뜨린 채 힘없이 대답했다.

태원이 다시 손을 뻗어 라디오 볼륨을 높였다. 가사를 알아듣기 어려운 아이돌 가수의 최신곡이 시끄럽게 흘러나오기 시작했다.

BIG LIFE

"시리즈니까 조건은 전과 같게 해주시면 그걸로 족합니다. 인세 10%에 3,000부부터 1%씩 추가해 주시고 전자책도 6이면 됩니다."

"고맙습니다, 하 작가님. 한 잔 받으세요."

재건은 잔을 내밀어 태원이 따라주는 술을 받았다.

테이블 위에는 광어와 우럭, 모둠회 및 각종 신선한 해산물들이 맛깔스럽게 차려져 있었다.

"자, 건배하시죠."

"네, 건배."

"건배."

태원과 소미, 그리고 재건 세 사람이 잔을 높이 들어 맞부딪쳤다.

술 한 잔을 마시고 난 재건은 젓가락으로 회 한 점을 집으며 즐거운 듯이 말했다.

"회 정말 간만에 먹네요. 맛있게 생겼다."

"많이 드세요. 하 작가님 회 좋아하시잖아요."

"이야, 역시 저한테는 편집장님밖에 없다니까요. 소미 씨도 얼른 드세요."

"아, 네. 작가님."

멍하니 앉아 있던 소미가 화들짝 놀라며 젓가락을 들었다.

재건은 회를 입에 넣고 우물거리며 속으로 생각했다.

'무슨 일이지.'

재건이 가진 작가로서의 습관과도 같은 관찰력이 이 자리에서 빛을 발했다.

태원과 소미 주위를 감도는 공기가 확연히 무거웠다. 예전과는 달리 침체된 분위기를 재건은 진즉부터 느끼고 있던 참이었다.

하지만 재건은 나서서 묻지 않았다.

필요한 것이라면 태원이 알아서 먼저 말해줄 것이기에.

언제나 사려 깊게 담당한 작가를 위해 최선을 다하는 유능한 편집자다. 그래서 재건은 신경은 쓰일지언정 근심은 하지 않았다.

"성적은 큰 기대를 하면 안 되겠죠? 전작의 두 주인공이 나오는 구조니까요."

재건의 물음에 태원이 신중한 표정으로 대답했다.

"아무래도요. 나쁘지는 않겠지만 아주 좋을 거라고는 저도 확신을 못 하겠네요."

없는 말은 절대로 하지 않는 태원이다. 이런 태원의 성향이 언제나 재건은 좋았다.

태원의 빈 잔에 술을 따라주며 재건은 연거푸 질문을 던졌다.

"제목을 고심하고 있는데 적당한 게 안 나오네요. 이계에서 싸우니까 이계지존록으로 할까요? 아니면 이번엔 네 글자로 지존쌍협? 이것도 지존과 협이 겹쳐서 이상한 느낌인데. 지존쌍웅? 지존무쌍? 아니, 다 이상하죠? 소미 씨는 뭐 좋은 제목 생각나시는 거 없으세요?"

"저기…… 하 작가님."

"네?"

재건이 질문을 멈추고 태원을 바라보았다. 태원이 지금까지와는 사뭇 다른 느낌의 눈빛으로 자신을 바라보고 있었다.

"말씀하세요, 편집장님."

태원은 만감이 교차하는 기분이었다.

어쨌든 아직은 스타북스 편집장이다. 해야 할 일이 먼저고 하고 싶은 일은 그다음이다. 스스로 그렇게 되뇌이며 태원은 나직이 입을 뗐다.

"스타북스와 전속으로 계약해 주시겠습니까?"

"전속이요?"

"네, 전속이요. 작품이 아니라 하 작가님이 주체가 되어 계약을 맺을 의향이 있으신지 여쭤보는 겁니다."

멀거니 태원을 바라보던 재건의 시선이 천천히 내리깔렸다.

재건은 생각하고 있었다. 이제는 전속 계약 제의를 받게 될 정도로 내가 성장했구나 하고. 그것도 국내 장르 소설계에서 세 손가락에 꼽는 스타북스로부터.

전속 작가가 되면 다른 출판사를 통해서는 일절 출간을 할 수 없게 된다.

오로지 계약한 출판사를 통해서만 책을 낼 수 있다.

하지만 계약 기간 내내 직장인처럼 일정한 월급이 들어오고, 전속 작가인 만큼 남다른 지원과 대우를 기대할 수도 있다.

'하지만…….'

한때 재건은 스타북스와 전속으로 계약한 작가들을 부러워했었다.

잘 팔리는 작가들이나 전속 계약을 제의받고 거기에 서명할 자격이 있었으니까. 회사 방침이 무조건 전속 계약만 하는 업체도 더러 있으나 이것은 별개의 경우다.

아무튼 재건이 본 스타북스의 전속 작가들은 글이 안 풀려서 몇 달을 쉬어도 큰 지장이 없어 보였다. 매달 나오는 적지 않은 월급 덕분이었으리라. 글이 막힌다는 이유로 훌쩍 해외

여행을 다녀온다거나 쇼핑을 하러 나가곤 하는 작가들의 모습을 SNS를 통해 꽤 많이 봐 왔다.

“금방 결정하실 수 없는 사안이라는 것 압니다.”

새로 주문한 술병의 뚜껑을 따면서 태원이 말했다.

“천천히 생각해 보세요. 당장 이 자리에서 결정하시지 말구요.”

술을 받은 재건은 술병을 건네받아 태원과 소미의 잔에 차례차례 따라 주었다. 다시금 잔을 모아 부딪치면서 재건은 또렷한 어조로 대답했다.

“이 자리에서 결정하겠습니다.”

태원과 소미가 잔을 든 자세 그대로 멈췄다. 재건은 그들 앞에서 술 한 잔을 단숨에 목으로 넘기고는 빈 잔을 테이블에 내려놓았다.

“제의는 정말 감사하지만 전속 계약은 어렵겠습니다.”

“그러신가요.”

“스스로 제약을 걸고 글을 쓰고 싶지는 않아요. 지금까지 해왔던 대로 자유롭게 쓰면서 살고 싶습니다.”

태원이 쓰게 웃었다. 이런 대답이 나올 것이라고 예상하고 있었다. 반갑기도 하고 실망스럽기도 한 묘한 감정이 가슴에 일었다.

“잘 판단하신 거라고 생각해요. 저도 응원할게요.”

태원은 간단하게 이야기를 마무리했다.

옆의 소미가 놀란 눈빛으로 태원을 힐끗거렸다. 정말 이대로 끝인가. 더 이상의 설득이나 첨언은 없는 건가. 돌아가서 대표님에게 뭐라고 보고를 드릴 생각이시지.

재건이 상추와 깻잎을 하나씩 집었다. 초장 찍은 회 한 점과 마늘, 야채무침 따위를 하나씩 얹으며 그는 말을 이었다.

"저는 스타북스와 계약한 적 한 번도 없었어요."

"네?"

되묻는 태원을 보며 재건은 생글생글하게 웃고 있었다.

"언제나 편집장님하고 계약했죠. 편집장님과의 작품 활동은 앞으로도 제 능력이 닿는 한 계속할 겁니다."

"민망하네요. 해드린 것도 없는데."

"무슨 말씀을요. 나중에 귀찮다고 내치지나 말아주세요."

두 사람의 대화를 들으며 소미는 어렴풋이 깨달았다.

지금 이 순간에도 두 사람은 서로를 배려하고 있다. 편집자 대 작가라는 관계에 놓여 있기에 각자 선을 넘는 말을 꺼내지 못하고 있을 뿐. 이미 눈빛만으로 서로의 심중을 이해했으리라.

"회도 신선할 때 드셔야죠. 이제 속도 내세요."

"저는 계속 부지런히 먹고 있었습니다. 편집장님이랑 소미 씨도 많이 드세요. 제가 지켜봤는데 하나도 안 드셨어요."

"네, 네. 저도 많이 먹을게요, 작가님."

업무 관련 이야기는 더 이상 오가지 않았다.

두 시간이 지나도록 세 사람은 전반적인 출판계 동향 혹은 크고 작은 일상 위주의 대화를 나눴다. 회 한 접시가 동이 나고 냄비 가득 나온 매운탕도 거의 다 졸아들었다.

"정말 잘 먹었습니다."

"아니에요, 하 작가님 덕분에 저희가 잘 먹었죠."

법인카드로 계산하고 난 태원이 싱긋 웃으며 대답했다.

식당을 나서자 제법 차가워진 바람이 세 사람을 맞았다. 어느덧 시간은 9시를 넘어가고 있었다.

"아차, 이야기하느라 정신없어서 계약을 못 했네요."

태원이 이맛살을 찌푸리며 손가락을 튕겼다.

재건의 차기작 계약 이야기였다. 경황이 없어서 잊어버리고 있었다.

"지금이라도 하면 되죠. 카페에서 커피 한 잔씩 하시죠. 제가 커피는 사겠습니다."

재건이 불을 밝힌 길 건너의 카페를 가리키며 말했다.

태원은 난처한 듯이 고개를 끄덕이고는 자신의 손목시계를 보았다. 사실 그에겐 시간이 없었다. 9시 반부터 이 근방에 사는 다른 작가와 짧은 미팅을 하기로 되어 있었다. 편집장의 일상은 언제나 이토록 빠듯했다.

"제가 작가님 모시고 가서 계약하고 들어갈게요."

편집장의 일정을 익히 알고 있는 소미가 나섰다. 전작과 같게 하기로 조건도 정해졌으니 어려운 일도 아니었다.

"아, 하 작가님. 정말 죄송해요. 제가 이제부터 또 가 봐야 할 곳이 있어서요."

"아닙니다, 얼른 일 보세요. 다음에 또 뵙고요."

"네, 작가님. 소미 씨, 여기 계약서."

태원이 자신의 서류 가방에서 계약서를 꺼내 서류철째로 소미에게 건네주었다.

"그럼 저는 먼저 가 볼게요. 작가님, 조심해서 들어가시고요. 소미 씨도 내일 봐요."

"네, 들어가세요."

태원이 다급한 걸음으로 멀어져 갔다.

재건과 소미도 발길을 돌려 길 건너편의 카페로 향했다.

"어떤 거 드시겠어요, 작가님?"

"제가 살게요. 소미 씨, 뭐 드실래요?"

"아니에요, 제가 회사카드로 사드리면 돼요."

"거짓말하지 마세요. 편집장님이 가져가셨잖아요. 그리고 그런 게 중요한 게 아니라 제가 사고 싶어요, 커피 정도는."

재건이 벽면의 메뉴로 눈짓을 보내며 물었다. 소미는 입을 다문 채 양 뺨을 부풀리고 메뉴를 바라보더니 대답했다.

"저 그럼 카페모카로 부탁드릴게요."

"아이스 아메리카노랑 카페모카 주세요."

손님이 없어서 주문한 음료는 금세 나왔다.

재건과 소미는 창가를 피해 구석진 자리로 들어가 마주 보고 앉았다.

"제목은 결국 정해지지 못했네요."

계약서를 테이블 위로 올려놓으며 소미가 말을 꺼냈다. 재건은 손을 내밀어 그녀가 건네는 펜을 받았다.

"일단 가칭으로 기입해야죠."

소미가 재빨리 계약서 전체에 전작과 같은 조건들을 기입했다. 뒤이어 재건은 조항을 하나씩 확인한 다음 서명했다. 이것으로 계약은 간단히 종료되었다.

"또 앞으로 한동안 잘 부탁드립니다, 작가님. 이번엔 몇 권이나 쓰실 예정이세요?"

"아마 10권까지는 가지 않을까 싶어요. 아무래도 전작의 두 주인공이 맞부딪치고, 또 동료가 되는 이야기니까 할 수 있는 이야기도 꽤 많을 것 같고요."

"독자로서 기대돼요. 천마랑 유진이가 같은 작품에 나온다는 게요. 한쪽은 완전 시끄럽고 호방한 사내고 한쪽은 완전 시니컬해서 진짜 극과 극의 인물 둘이 부딪치는 거잖아요."

"그러게요. 쓰는 저도 무슨 일이 벌어질지 장담을 못 하겠네요. 어? 비가 오네?"

창밖으로 어느새 가을비가 내리고 있었다. 갑작스레 내리는 비를 피해 가방이나 웃옷을 머리 위에 들고 달리는 행인들이 여럿 보였다.

"어떡하죠? 우산 없으시죠, 작가님? 제가 편의점 가서 사 올게요."

소미가 벌써부터 자리에서 일어서고 있었다.

재건은 화들짝 놀라서 손짓으로 그녀를 만류했다.

"편의점 바로 옆이잖아요. 나갈 때 사도 돼요."

"아아, 네. 그럼 그렇게 할까요."

언제나 전력을 다하는 모습은 때때로 마음에 여유가 없는 사람으로도 보인다. 술을 한잔 마신 탓인지, 재건은 항시 급하게 움직이는 소미가 조금 안쓰럽게 느껴졌다.

"소미 씨."

"네, 말씀하세요."

"편집장님 무슨 일 있으세요?"

재건이 넌지시 물었다.

소미와 단둘이 이 카페에 들어온 시점부터 물어보려고 마음먹고 있었다.

소미는 당황스러운 표정으로 양어깨를 움츠러뜨렸다.

"피곤하셔서 그러셨나 봐요."

소미의 말에 재건은 고개를 갸우뚱해 보였다.

"아무리 피곤하셔도 오늘처럼 저기압이셨던 적은 없었는데. 소미 씨 표정도 썩 좋지 못했고."

"그렇게 느껴지셨어요?"

"네, 완전."

"제가 어제 잠을 잘 못 자서 저도 모르는 사이에 티가 났나 봐요. 정말 죄송해요. 신경 쓰이시게 만든 것 같아요. 편집장님도 최근 연달아 야근하시고 그러셨고요."

소미는 사실을 밝히지 않았다.

자신은 태원 밑에서 일하는 편집자고 재건은 작가다.

재건에게 부담이 될 여지가 다분한 회사 내부 사정에 대해 입을 뻥긋할 생각 따윈 추호도 없었다.

"피곤하셨구나."

재건은 이해했다는 듯이 고개를 끄덕였다. 소미가 뭔가 숨기고 있다는 느낌을 지울 수 없었지만 더 이상 추궁하는 건 무리였다.

"그럼 계약도 끝났으니까 일어나죠. 소미 씨도 쉬셔야 하고."

재건이 먼저 의자를 뒤로 빼며 일어섰다.

소미도 재건을 따라 가방을 짊어지고 자리에서 몸을 일으켰다.

"우산부터 사죠."

약해지기는커녕 점점 굵어지는 빗방울을 보며 재건이 말했다.

재건과 소미는 건물 내로 연결된 복도를 지나 편의점으로 들어섰다. 우산을 사려는 사람 3~4명이 판매대 앞에 줄을 서 있었다.

"어? 저기요, 우산 이거 하나밖에 안 남았어요?"

바코드를 찍으며 계산하던 아르바이트생이 재건 쪽을 보고 대답했다.

"네, 손님. 지금 재고가 없어서 그게 마지막입니다."

"좀만 더 늦게 왔어도 큰일 날 뻔했네."

재건은 하나 남은 분홍색 우산을 가져가 계산을 했다. 그와 나란히 편의점을 나서며 소미가 먼저 말했다.

"작가님 쓰시고 가세요. 저는 뛰어가면 돼요."

"무슨 말씀이세요. 우리 둘 다 지하철역까지 가야 되잖아요."

재건이 포장을 뜯은 분홍색 우산을 활짝 폈다. 소미와 가까이 붙어서 선 그는 머리 위로 우산을 치켜들며 말했다.

"같이 쓸 만하네요. 좀 작긴 하지만. 가요."

"네……."

자신의 발등을 내려다보며 소미는 약간 수줍음 섞인 목소리로 대답했다.

분홍색 우산 하나를 쓰고 두 사람은 나란히 지하철역을 향해 천천히 걸었다.

도중에 재건은 우산을 든 손을 바꾸더니 소미의 반대쪽 옆으로 옮겨가 섰다. 차도 쪽이었다. 재건의 소소한 배려에 소미의 입가에서는 옅은 미소가 피었다.

지하철역은 그다지 멀지 않았다.

길지 않은 보도를 지나 높지 않은 계단을 오르고 나자 금세 헤어질 때가 되었다.

"조심히 들어가세요. 이거 가져가시고."

각자의 플랫폼을 등 뒤로 두었을 때.

재건은 소미의 두 손에 분홍색 우산을 쥐어주었다.

마다하려는 소미 앞에서 재건은 단호한 표정으로 곧게 세운 손가락을 까닥여 보였다.

"분홍색은 제 취향이 아니라서요. 그럼 갑니다."

"하, 하 작가님. 저 정말 내리고 나면 비 맞을 일 없어요."

"원고는 일주일 안에 5권까지 보내드리겠습니다."

이미 돌아선 재건이 머리 위로 손을 흔들어 보이며 대답했다.

소미는 작아지는 재건을 한참이나 두 눈으로 전송한 끝에 손에 들린 우산으로 눈을 내리깔았다. 작은 그녀의 두 손이 소중한 선물을 누르듯이 꾹 잡고 있었다.

BIG LIFE

“인터뷰 응해주시느라 고생 많이 하셨습니다. 편집 결과 나오는 대로 알려드리겠습니다.”

“네, 고생하셨습니다. 안녕히 가세요.”

취재를 끝낸 네이빈 직원들이 문 밖으로 사라졌다.

재건은 의자에 털썩 주저앉아 긴 한숨을 내쉬었다. 등줄기가 땀으로 범벅이 되어 있었다.

“인터뷰라는 거 생각보다 힘드네. 무슨 시간이 이렇게나 오래 걸려. 사진도 엄청나게 찍고.”

“야옹.”

리카가 재건의 무릎 위로 올라와 앉았다.

리카 역시 재건과 함께 수두룩하게 사진을 찍혔다. 고양이를 키우는 작가는 그림이 좋아 보인다는 기자의 의견 탓이었다. 리카는 평소보다 한결 지친 듯한 기색이었다.

“근데 어쩌다 보니 내가 풍천유라는 이름으로 장르 소설을 썼다는 이야기는 안 했네. 딱히 숨기려고 한 건 아니었는데. 뭐, 상관없겠지.”

잠시 쉬고 난 재건은 리카를 무릎에 앉힌 채로 멈췄던 작업을 시작했다.

해태미디어와 계약한 차기작 소설의 원고였다. 벌써 1권은 다 썼고 2권을 쓰는 중이었다. 제목은 전작 주인공의 아들이 검사라는 설정을 따라 '페젤론의 마검사'로 간단히 결정되었다.

'사흘 내로 5권까지 써서 해태미디어에 보내주고. 지존록 3부는 월요일부터 시작해야지.'

열 손가락이 키보드 위를 빛처럼 쏘다녔다.

서건우의 노트북이 가진 능력에다 전작의 세계관을 그대로 계승해서 쓰는지라 글줄이 그야말로 국수발처럼 뽑혀져 나왔다.

어느새 리카가 무릎을 벗어나 캣타워로 간 줄도 모르고, 해가 다 저물어 가는 줄도 모르고 재건은 작업에 빠져들었다.

사흘 뒤의 아침.

해태미디어 기획 팀은 각자 자리를 지키고 앉아 모니터 화면에 시선을 고정시키고 있었다. 모두가 같은 소설을 읽고 있는 중이었다.

사무실은 쥐 죽은 듯이 고요했다. 마우스를 클릭하거나 키보드를 두드리는 소리, 커피를 홀짝이는 소리만이 이따금 정적을 가르며 들려올 뿐이었다.

'이야, 재밌는데? 뭐야? 벌써 끝났어?'

2권까지 읽고 난 박경수 대리는 연달아 3권 원고를 클릭했다. 그리고 다시금 소설 속으로 빠져들었다. 편집자의 입장에서 읽어야 한다는 사실마저 망각할 정도로 몰입하고 있었다.

상황은 마종구 실장도 엇비슷했다.

'대박이군, 이 인간……! 진짜 무슨 약 빨았나? 사람을 계속 놀라게 만들어!'

영업 위주로 돌아가는 종구의 업무에 편집이란 그다지 비중이 없는 편이었다. 출간할 소설의 분석 및 평가는 대부분 경수를 비롯한 부하 직원들에게 맡기곤 했다.

그랬던 그가 10분 이상 앉은 일이 거의 없는 자신의 의자에 들러붙어서 소설에 흠뻑 빠져 있었다. 올라간 손은 목을 죄고 있던 넥타이를 풀기 바빴다.

이윽고 11시가 되었다.

미리 맞춰둔 알람의 진동을 느낀 종구가 고개를 들었다. 파티션 너머로 여전히 모니터에 두 눈을 들이박다시피 한 기획 팀 직원들의 얼굴이 보였다.

"다들 어땠어? 회의실 갈 거 없이 여기서 말해봐."

"끝내줍니다."

한 직원이 종구 쪽을 돌아보며 엄지를 치켜세웠다.

"아무래도 전작의 세계관 그대로에, 전작 주인공의 아들을 주인공으로 삼는다고 해서 걱정이 많았는데 읽어보니까 전작 안 본 독자들도 읽기에 전혀 무리가 없겠어요."

다른 여직원이 말을 이어 나갔다.

"제 생각도요. 페젤론의 마법사를 읽었다면 더 소소한 재미가 있을 거고 안 읽었어도 안 읽은 대로 재밌게 볼 수 있을 거 같아요."

마지막 마무리는 경수의 몫이었다.

"전개가 다이내믹하고 빨라요. 이번엔 주인공이 검사라서 그런지 전작보다 전투 묘사도 호쾌합니다. 증쇄까지는 감히 장담할 수 없지만 기본 3,000부쯤이야 어렵지 않게 소화할 수 있다고 생각해요."

종구는 씩 웃으며 고개를 끄덕였다. 부하 직원 모두가 자신과 같은 생각을 하고 있음이 확인됐다. 그는 주머니에서 핸드폰을 꺼내 즉시 전화를 걸었다.

드르륵! 드르륵!

샤워를 끝마치고 나오니 침대에 놓아둔 핸드폰이 진동하고 있었다. 재건은 수건으로 젖은 머리를 털며 그리로 다가갔다.

"뭐야, 벌써 확인이 끝났나?"

액정에 뜬 상대의 이름을 보고 재건은 어리둥절해서 중얼거렸다. 해태미디어의 마종구 실장이었다. '페젤론의 마검사' 원고를 5권 분량까지 보낸 것이 불과 4시간 전의 일인데 이렇게 빨리 전화가 걸려오다니.

"네, 실장님."

—하 작가님, 안녕하세요. 원고 잘 받았습니다. 이번 작품도 아주 재미있습니다.

"벌써 그걸 다 읽으신 거예요?"

—일단 2~3권 정도 분량까지 읽었습니다. 기획 팀 전원이 읽었는데 호평 일색입니다. 읽기도 전에 활자가 두 눈으로 빨려 들어오는 느낌이랄까요? 하하하하하.

재건이 코끝을 긁적이며 피식 웃었다. 종구의 너스레가 예전처럼 무작정 싫지만은 않았다.

—신경 많이 쓰신 거 같아요, 작가님. 전작 안 읽은 사람도 쉽게 읽을 수 있도록 배려하신 게 팍팍 느껴집니다.

"노력한 보람이 느껴져서 기분 좋습니다."

—당장 인쇄 일정 잡아도 되겠어요. 오탈자가 2권까지는 하나도 보이지 않네요. 정말 대단하세요.

당연한 얘기였다. 모든 오탈자와 비문을 잡아내는 서건우의 뿔테 안경을 쓰고 퇴고 작업을 했으니까. 편집자들이 교정 교열에 할애할 시간을 대폭 줄여준 셈이다.

—전작이 6,000부씩 나갔으니까 이번에도 잘 팔릴 거예요. 정말 고생하셨습니다. 그리고 이렇게 빨리 주시다니, 놀라서 뒤로 나자빠질 뻔했습니다. 역시 작가님, 비축분을 미리 써 두셨던 거죠?

"네, 뭐……."

재건이 대충 말끝을 흐렸다. 사흘 동안 거의 잠도 자지 않고 서건우의 노트북과 머그컵의 힘을 빌려 5권 분량을 썼다는 얘길 할 수 있을 턱이 없기에.

"아무튼 잘 부탁드리겠습니다. 표지 시안 보내주셨던 거 마음에 드니까 그대로 가주세요. 저는 나머지 원고 최대한 빠른 시일 안에 완성해서 보내드리겠습니다."

—네. 절대로 급하실 거 없습니다, 작가님. 벌써 5권까지 주셨으니 시간 충분합니다. 서두르지 마시고 잘만 써주세요. 그럼 계속 고생해 주시고요.

"네, 실장님도요."

전화를 끊은 재건은 젖은 머리를 마저 말린 다음 서건우의 머그컵으로 커피를 한 잔 마셨다. 5분의 휴식 후, 체력이 되돌아온 산뜻한 몸은 노트북 앞으로 이끌리듯 향하고 있었다.

"이제부터 지존록을 써야겠지."

스토리 구상은 10권까지 완벽히 끝났다. 이제는 구상한 플롯에 맞춰 본문을 쓰기만 하면 된다. 첫 문장을 쓰기에 앞서,

재건은 건조해진 입술을 혀끝으로 핥았다.

"리카, 나 조금 걱정돼."

"야옹?"

"페젤론의 마검사는 전작을 안 읽었어도 볼 수 있도록 애를 썼거든. 주인공도 전작 주인공의 아들이긴 하지만 간략하게 과거 기술도 해놨고. 근데 이번에 쓸 지존록 3부는 달라. 전작의 두 주인공이 나오는 거라 솔직히 성적이 좋을지 확신이 안 서."

캣타워에서 내려온 리카가 우아한 걸음걸이로 재건에게 다가왔다. 재건이 안아주려 두 팔을 뻗었다. 하지만 리카는 그 손길에 안기지 않고 스스로 도약해 재건의 무릎 위로 안착했다.

"뭐야, 징징거리지 말라는 뜻이야? 이미 결정한 일이니 내 힘으로 해결하라는 그런 의미야?"

리카가 울음소리 대신 앞발로 재건의 복부를 꾹꾹 눌렀다. 재건은 두 손으로 리카의 얼굴을 감싸듯이 쓰다듬으며 물었다.

"참 잘도 챙겨주네. 나 너하고 결혼할까."

"야옹……!"

리카가 새된 울음소리를 내뱉더니 머리를 떨어뜨렸다. 모로 웅크린 몸뚱이가 마치 더는 성가시게 굴지 말라고 말하는 듯한 느낌이었다.

"그래, 이미 결정된 거. 끝까지 최선을 다해본다."

타다닥! 타닥! 타다다다닥! 탁! 타다닥! 타다다닥!

지존록 3부의 집필이 본격적으로 시작되었다. 어제와 마찬가지로 오늘도 작은 원룸 내부는 타자 두들기는 소리만이 연신 울려댈 뿐이었다.

BIG LIFE

"이게 도대체 뭐가 어떻게 된 일이야!"

커다란 주먹이 책상을 부서져라 내리찍었다.

스타북스 대표 박재국은 노발대발해서 얼굴이 불처럼 달아올라 있었다. 호통의 표적은 맞은편에 앉은 태원이었다.

"전속 계약도 못 따냈으면서, 어?! 우리보다 빨리 해태미디어에서 차기작을 내게 만들어? 작가 관리 똑바로 안 해?! 일할 생각이 있는 거야 없는 거야!"

"대표님, 보통 차기작이라는 건 기존 출판사에서부터 이어서 출간하는 쪽이 여러 모로 작가에게 좋은 일이고……"

"누가 그딴 걸 몰라?! 지금 자네 나를 가르치려고 드나?!"

"아닙니다."

"이거 진짜 돌아버리겠네. 아아아!"

태원은 최근 매일같이 깨지고 있었다. 엊그제까지는 전속 계약을 따내지 못한 것에 대한 질책. 그리고 오늘은 해태미디어에서 출간된 재건의 차기작 때문이었다.

"꼴도 보기 싫어! 나가!"

태원은 묵묵히 대표실을 나와 사무실로 돌아왔다. 저기압이 된 태원을 본 소미의 얼굴에 근심이 가득히 어렸다.

'또 엄청 깨지신 걸까.'

해태미디어에서 재건의 차기작 '페젤론의 마검사'가 출간됐다. 시작부터 전작처럼 좋은 반응이었다. 기본 3,000부에 추가로 벌써 1,000부를 증쇄하게 되었다는 이야기도 들려오고 있었다.

잠깐의 뜸을 들인 후, 소미는 조심스럽게 태원에게로 다가갔다. 보고해야 할 업무가 있었다.

"저기, 편집장님."

"네, 얘기해요."

대표로부터 호되게 당하고 왔음에도 불구하고 태원은 애써 미소를 지으며 소미를 맞아주고 있었다. 가슴이 시큰해지는 것을 느끼면서 소미는 입을 열었다.

"하재건 작가님 지존록 3부작 원고 5권까지 보내주신 거요."

"음, 네. 저도 2권까지 읽었어요. 소미 씨는요?"

"3권 절반까지 읽었습니다."
"감상은 어때요?"
소미는 쉽사리 말을 잇지 못하고 망설였다. 태원이 원하는 대답은 편집자로서의 감상이다. 돌아가는 사내 분위기 탓에 쉽사리 말할 수 없는 감상이기도 했다.
"……2,000부 이상 밀지 않는 게 좋을 것 같습니다."
소미가 아주 작은 목소리로 어렵사리 말했다.
2,000부도 결코 적은 부수는 아니다.
1,000부씩만 꾸준히 나가줘도 선방했다는 소리를 들을 만큼 종이책 시장은 사정이 나쁘다. 하지만 5,000부씩 팔려 나간 두 전작에 비하면 초라한 출발인 것도 사실이었다.
"전작에 관한 이해도가 요구됩니다. 무림지존록이랑 현대지존록을 읽지 않은 독자들은 몰입이 어려울 거예요. 두 주인공에게 매력을 느끼려면 아무래도 인내심이 필요해요."
태원이 묵묵히 고개를 끄덕였다. 실제로 그도 엇비슷한 생각이었다. 생각한 부수는 조금 차이가 있었다. 재건을 향한 개인적인 믿음 때문일지 몰라도 그는 2,500부를 찍을 생각을 하고 있던 터였다.
"2,000부로 가세요."
태원이 한숨과도 같은 목소리로 말했다. 이걸로 모든 것이 결정되었다는 기분이었다.

"서버에 일정 올리시고, 소미 씨한테 부탁 좀 할게요."

"네…… 편집장님."

소미는 힘없이 돌아섰다. 더 말할 수 있는 것이 없었다. 태원의 모든 사정을 알고 있는 그녀였기에 더더욱 어려웠다.

태원이 안경을 벗고 눈 주위와 관자놀이를 지압하듯 꾹꾹 눌렀다. 그러고는 등허리에서부터 목을 한껏 뒤로 젖혔다. 천장의 환풍구가 그의 두 동공 가득히 담겼다.

째깍째깍…….

시간은 계속해서 흘러갔다.

태원은 의자에 몸을 편안히 기댄 채 두 눈을 감고 기다리는 중이었다. 기다리는 내내 지금껏 달려온 편집자로서의 길이 주마등처럼 어둠을 스쳐 갔다. 별의별 일이 다 있었다. 뭐라고 표현해야 할까. 딱히 보람도 없고 후회도 없는 애매한 나날들이었다.

잠시 후.

"편집장님, 대표님께서 지금 당장 오시라고……."

부하 직원의 보고에 태원이 두 눈을 떴다. 그는 머뭇거리지 않고 자리에서 일어섰다. 9년이란 긴 세월 동안 그를 지탱해 주었던 낡은 의자가 힘없이 뒤로 밀려나고 있었다.

대표실 출입문 앞에 도착해서 태원은 잠시 멈춰 섰다.

이 문을 열고 들어서면 더 이상은 스타북스의 편집자로서 남아 있을 수 없게 된다.

그 점을 명확히 인지하고 있으면서도 태원은 문을 열 수밖에 없었다. 한 번의 긴 심호흡을 거친 끝에 천천히 뻗어 나간 손이 문고리를 잡아 돌리고 있었다.

"이게 뭐야! 지존록 3부를 왜 2,000부밖에 안 찍어! 해태미디어에서 나가는 페젤론의 기사인지 지랄인지는 벌써 1,000부 증쇄까지 하고 있는데 이게 뭔 사달이냐고!"

문을 열기가 무섭게 고함이 쏟아졌다.

등 뒤로 문을 닫으며 태원은 입을 열었다.

"말씀드렸다시피 전작을 읽지 않으면 내용이……."

"영업해! 밀어! 애들 다 데리고 나가라고! 왜 자꾸 구관조처럼 답답한 소리만 반복해서 지껄이고 있어! 일머리 죄다 어디다 가져다 팔아먹었나?!"

재국은 답답해서 죽겠다는 듯이 킹콩처럼 주먹으로 제 가슴을 두들기고 있었다.

"반품될 소지가 다분합니다. 길게 보셔야죠, 대표님. 하재건 작가의 상품 가치가 떨어지면 손해는 작가뿐만이 아니라 결국 회사에도……."

"시끄러운 소리 말아!"

재국의 일갈이 태원의 항변을 집어삼켰다.

"이렇게 무능해서야……! 나이 먹으니까 그런가? 머리가 제대로 안 굴러가는 거야?! 벌써부터 치매라도 왔나?!"

급기야 재국의 입에서 인신공격성 발언까지 나왔다.

태원은 자기도 모르게 두 눈을 내리감았다.

대표로부터 수두룩하게 호통을 들어왔지만 이런 모욕적인 말을 듣는 건 처음이었다.

하지만 이제는 아무래도 좋았다.

재국의 폭언은 태원의 결심을 확고하게 만들어주는 계기도 되었다.

"대표님."

"뭐!"

태원이 흘러내린 안경을 손가락으로 올리며 고개를 들었다. 짜증스러운 눈초리로 쳐다보는 재국과 시선을 마주한 채, 그는 지극히 담담한 어조로 대답했다.

"회사, 그만두겠습니다."

"……뭐야?"

재국이 눈부신 사람처럼 양쪽 눈두덩을 깊이 찌푸렸다. 거기에 대고 태원은 보다 큰 목소리로 반복해서 말했다.

"이제 회사를 그만두고 싶습니다."

"자네 지금……! 내가 언성 좀 높였다고 대드는 건가?!"

"그런 게 아닙니다. 점점 대표님의 기대에 부응하지 못하고 있습니다. 이런 상태로 편집장 자리를 끌어안고 있을 수가 없습니다.”

“자, 잠깐. 잠깐 가만히 있게. 일단 앉아봐.”

재국이 더듬거리듯 말하며 손을 내저었다. 그는 내심 몹시 당황하고 있었다. 함께 동고동락한 세월이 9년이다. 감정에 휘둘려 충동적인 발언을 해댈 태원이 아님을 모를 리 없었다.

재국은 책상 뒤의 정수기로 가 냉수를 벌컥벌컥 마셨다. 한 잔으로도 모자라 두 잔을 연거푸 마셨다. 그러고는 신음 같은 한숨을 내뱉으며 창가로 가 섰다.

“진심이야?”

한참 만에 재국이 먼저 운을 뗐다.

소파에 앉은 태원이 미처 대답하기도 전에 재국은 연달아 물었다.

“진심이냐고. 왜 그만두겠다는 거야. 뭐가 문제야?”

대답을 바라고 하는 질문이 아니었다. 그 증거로 재국은 돌아서더니 다급히 태원의 맞은편으로 와 앉았다. 어느새 울화는 지워지고 초조한 기색만 역력해진 표정으로 그는 빠르게 말을 이었다.

“인정하네. 내가 말이 거칠었어. 요즘 전자 출판 팀 매출도 영 안 좋고, 딸년이랑 딸년 사위도 아주 회사를 말아먹을 생각인지 탱자탱자 놀고만 있고. 딸년 친구도 믿고 마케팅에 박아놨더니 아주 허당이야. 제대로 돌아가는 게 없어. 내가 나도 모르는 사이에 졸렬하게 자네에게 분풀이를 했을지도 모르겠네. 분명히 내가 말이 과했어. 미안해, 정말이야."

태원은 잠자코 있었다.

재국의 말이 진심인 것쯤은 알았다. 화를 곧잘 내고 괴팍하지만 본디 심성이 나쁜 사람은 아니다. 그랬다면 9년 동안 버티지도 못했다. 챙겨줄 땐 확실히 챙겨줄 줄도 아는 대표이기에 오랜 기간을 부하로서 일해올 수 있었다.

하지만…….

이제는 사과만으로 태원의 결심이 뒤바뀔 순 없었다.

"내가 요즘 많이 민감했나 봐. 오늘 일찍 퇴근해서 나랑 술 한잔하지. 시원하게 한잔 마시면서 풀자구."

재국이 한결 부드러워진 어조로 달래듯이 말하며 태원의 어깨를 다독였다. 그러나 태원은 즉시 고개를 가로저으며 같은 입장을 고수했다.

"그만두겠습니다, 대표님."

"대체 왜!"

재국이 거친 혈기를 견디지 못하고 벌떡 일어서며 소리쳤다.

이대로 사직서를 받을 수는 없었다.

태원처럼 유능한 편집자는 흔하지 않았다. 영업과 편집 양면에서 빛을 발하고, 직원 및 작가의 관리력에 이르기까지 모든 부분에서 평균 이상의 힘을 끌어내는 사람이 태원이었다.

"저도 이제 내년이면 45살입니다, 대표님."

"난 4년 전에 환갑잔치했어! 50도 안된 게 나이를 사직할 핑계로 들먹이나?!"

"이대로 평생을 편집장의 자리에 있을 수는 없습니다. 제 정년이 언제까지일지는 대표님도 보장해 주실 수 없는 문제예요. 그렇잖습니까."

"……!"

재국이 말을 잇지 못하고 거친 숨만 들썩이는 사이.

태원은 차분하게 사직을 결심한 이유를 되새기고 있었다.

갈수록 작가를 돈으로만 여기는 재국의 가치관과 그에 따른 충돌, 가족 및 친인척 중심으로 돌아가기 시작하는 회사 속에서 나날이 커지는 위기의식.

하루하루 누적되는 피로를 더는 버텨낼 자신이 없었다. 그러기엔 이미 몸과 마음이 너무도 지쳐 버렸다.

"더 나이가 들기 전에 가족을 먹여 살릴 튼튼한 기반을 만들어보고 싶습니다. 갑작스럽게 말씀을 드리게 돼서 죄송하게 됐습니다. 이해해 주시고 받아주세요."

재국이 끄응 소리를 내며 일어섰다. 창가로 가 선 그는 주머니에서 담배를 꺼내 입에 물었다. 오래도록 금연을 지켜온 사무실 안에서 그는 창문을 열어젖히고 담배에 불을 붙였다.

"어쨌든 끝나고 한잔해."

담배가 절반가량 타들어 갈 즈음 재국이 넌지시 말했다.

"같이 구른 시간이 얼만데, 한마디 말로 찢어질 수 있는 사이는 아니잖나. 최소한의 자리는 갖추자고."

"알겠습니다."

"어, 가서 일 봐."

태원이 고개를 숙여 보이고는 돌아섰다. 창가를 향해 굳은 듯이 선 재국은 끝까지 돌아보지 않았다.

태원은 사무실 대신 바깥으로 나왔다. 편의점에 들어가 라이터 하나를 사 가지고 나온 그는 파라솔 밑 파란 의자에 앉았다. 오래전에 사놓고서 아직 한 개비도 피우지 않은 담배가 품속에 있었다.

"후우……."

얼마 만에 피우는 담배일까.

세 모금을 빨아들이기가 무섭게 어지럼증이 일었다.

태원은 이상하게 볼 행인들을 피해서 풀린 두 눈을 내리깔았다. 꺼내 든 핸드폰으로는 아내에게 전화를 걸고 있었다.

—이 시간에 어쩐 일이야, 당신이?

"그냥 시간이 나서. 애들은 뭐 해?"

—학교에서 아직 안 왔지, 이 양반아. 시간이 몇 신데.

"그렇지."

–당신 무슨 일 있어? 목소리가 안 좋네.

'아무 일도 없다'는 말은 차마 태원의 목젖을 뚫고 나오지 못했다. 거짓말을 하고 싶지는 않았다. 아내도 원래 편집자였다. 둘째 아이 출산 후 건강이 나빠져 일을 쉬게 되었고 지금까지 쭉 가정주부로 지내오고 있었다.

–오늘 아침에도 말하고 싶었는데. 당신 요즘 너무 혈색이 안 좋아. 일찍 들어와, 백숙 해줄 테니까.

"늦을 거야. 대표님하고 저녁 자리 있어. 아무튼 알았어. 나중에 다시 전화할게."

전화를 끊으려는 태원에게 아내가 다급히 말을 이었다.

–여보, 잠깐만.

"왜."

끊지 못하게 잡은 사람치고 아내는 한동안 말이 없었다.

쌕쌕거리는 숨소리만이 불규칙하게 태원의 고막으로 파고드는 중이었다.

태원은 다 타들어 간 담배를 버리고 새 담배를 꺼내 물었다. 라이터로 불을 붙이려는 순간, 아내의 따스한 목소리가 귓가로 전해져 왔다.

–억지로 버티지 마.

태원의 얼굴에서 핏기가 가셨다. 예상치 못한 아내의 말이 그의 귓가에 이어지고 있었다.

–힘들면 그만둬도 괜찮아. 당신 혼자 오래 고생했잖아. 10년을 하루같이 나랑 애들 먹여 살리느라 일만 하고 살았잖아.

“갑자기…… 무슨 소리야.”

–당신 탈진해서 잠들면 어떤지 알아? 차라리 코나 골지 꿈에서도 일만 해. 작가님, 작가님 원고 좋아요 하면서. 그럴 때 가만히 들여다보면 흰머리는 또 언제 그렇게 늘었대? 깰까 봐 뽑아주지도 못하겠고……. 내 기분이 어떤지…… 당신은…….

점점 떨리는가 싶었던 아내의 목소리가 어느새 울음으로 변해가고 있었다.

태원이 안경을 벗었다. 굳은살이 톡톡히 새겨진 손가락은 젖은 눈시울을 찍어 누르고 있었다.

역시 아내는 이길 수가 없다.

말하지 않아도 언제나 속을 훤히 꿰뚫어 본다.

그 마음 씀씀이가 지금은 오히려 더욱 가슴을 시리게 했다.

–혼자 생각하고 힘들어하지 마. 당신이 올여름에 말했던 매니지먼트, 우리 둘이서 같이 시작하자.

“그걸…… 기억하고 있었어?”

작가 매니지먼트는 태원이 사직 후에 시작하려고 구상 중인 사업이었다. 이미 몇몇 현업인에게는 언질도 해두었다.

술 한잔 마시면서 지나가듯이 잠깐 언급했을 뿐인데 속 깊은 아내는 여지없이 기억하고 있었다.

—당신도 그렇지만 나도 확신 생기기 전에 설레발치기 싫었거든. 나도 이것저것 알아봤어. 괜찮을 거 같아. 둘이서 시작하자. 나 일머리 좋은 편집자였어. 당신도 인정하지?

울음 끝에 아내가 웃었다. 싱그러운 봄바람과 같은 웃음소리가 태원의 귓가를 간질이고 있었다.

"그럼…… 인정하지."

태원은 피우려던 담배를 도로 집어넣고 손바닥 가득히 얼굴을 파묻었다.

손의 떨림이 얼굴을 지나 축 늘어진 몸 전체를 뒤흔들었다. 얼굴이 보이지 않는 전화여서 참 다행이라고, 그는 스스로를 위안하고 있었다.

11장
밤의 가호가 함께한다

“저기 봐, 리카. 작년까지 내가 알바했던 편의점이야. 저 옆골목으로 국밥집 간판 보이지? 진짜 싸고 맛있어. 500그릇은 먹었을걸.”

운전하는 내내 재건은 조수석의 리카에게 말을 늘어놓았다.

해태미디어로부터 받은 자동차였다. 첫 손님으로 리카를 태우고 인근을 돌며 시승식을 하는 중이었다. 검은색 신차의 매끈한 표면에서 10월의 햇살이 부서지고 있었다.

리카는 난리법석을 피우기는커녕 처음부터 끝까지 얌전했다.

느긋하게 웅크리고 앉아 있거나 혹은 앞발로 문을 딛고 창밖을 바라보거나 하면서 드라이브를 즐기고 있었다.

"잠깐 들렀다 갈까."

집으로 돌아오는 길.

재건은 서건우의 무덤가 앞에서 차를 세웠다. 먼저 내린 재건이 조수석 문을 열어주자 리카도 가벼운 몸짓으로 내려 섰다.

"선배님, 저희 왔습니다."

무덤 앞에서 재건이 인사를 건넸다. 리카는 상태를 확인하기라도 하듯이 무덤 주위를 한 바퀴 빙 돌더니 다시 재건의 곁으로 와 섰다.

"벌써 가을이에요. 선배님이랑 같이 글만 쓰면서 살다 보니 시간이 이렇게나 빨리 지나갔어요."

비석 앞에 놓인 몇몇 음식 접시와 자신의 책, 그리고 술잔 등을 치우며 재건이 말했다. 추석 때 참배하러 오면서 마련했던 것들이었다.

청소를 끝낸 재건은 무덤 옆의 편평한 땅에 엉덩이를 깔고 앉았다.

노을이 지고 있었다. 붉게 물든 하늘을 보고 있으려니 까닭을 깨닫기도 전에 한숨이 먼저 나왔다.

"선배님, 요즘은 무슨 글을 써야 할지 생각이 안 나요."

재건이 넋두리를 하듯이 입을 열었다.

"쓰고 싶은 걸 쓰고 싶어요. 저한테 말씀하셨듯이 독자들을 배려하면서요. 그런데, 뭘 써야 할지 생각 자체가 안 나요. 이젠 생활고도 없는데."

해태미디어에서 출간한 페젤론 시리즈야 선인세를 받았지만, 스타북스의 지존록 3부작 인세는 아직도 매달 월급처럼 들어오고 있었다.

적어도 내년 초까지는 매달 1,200만 원이 조금 못 되는 인세가 꾸준히 들어온다.

종이책이 완결되고 나면 이북으로 또 그 이상의 매출을 기대할 수 있다. 2~3년은 백수로 놀고만 있어도 무리가 없는 좋은 상황이 갖춰졌다. 작가로서 축복이었다.

"노력하고 있다고 생각하는데…… 어렵습니다, 선배님."

무덤 속의 서건우는 아무런 대답이 없었다.

재건은 한동안 더 그곳에 앉아 있다가 엉덩이를 털고 일어섰다. 조용히 기다리고 있던 리카가 그를 따랐다.

드르륵! 드르륵!

집으로 돌아와 리카의 발을 씻기고 났을 때 전화가 걸려왔다.

반가운 친구의 이름을 확인하자마자 재건은 웃으며 전화를 받았다.

"박정진, 지금 전화한 거 보니 칼퇴근이냐?"

—뭐 하고 있었냐. 안 바쁘면 나와라. 술 한잔하자.

정진의 목소리가 거칠었다.

거슬릴 정도로 드센 숨소리가 재건의 고막을 자극하고 있었다.

"지금 바로 나가긴 할 건데, 미리 말해라. 심각한 일이라도 있는 거냐?"

재건이 핸드폰을 어깨와 머리 사이에 낀 채로 바지를 벗으며 물었다. 정진은 대답에 앞서 한숨부터 내뿜았다.

—특별히 큰일은 아닌데, 일단 나와. 만나서 얘기해. 보고 싶다, 하재건.

"알았다. 어디서 보냐."

—너네 동네서 봐. 지하철 타고 갈게. 20분이면 가겠다.

"알았어. 바로 나간다."

재건은 불안한 마음으로 서둘러 옷을 갈아입었다. 침대 끝머리에 앉아 양말을 신으면서 그는 리카에게 양해를 구했다.

"어쩌면 오늘 정진이 집에 와서 자고 갈지도 모르겠다. 이 자식 목소리 들어보니까 상태가 안 좋아. 이런 날은 들이붓는 놈이거든. 하루만 참아줘."

"야옹."

리카가 꼬리로 허공의 좌우를 가로저으며 대답하고 있

었다.

영롱한 두 눈을 마주하자 재건은 참을 수가 없어졌다. 귀찮아할 걸 알면서도 리카를 붙잡아 코와 코를 비비고 내친 김에 뽀뽀까지 한 다음 신발을 신고 집을 나섰다.

지하철역까지는 걸어서 갔다. 부지런히 걸어 역에 도착할 즈음 바로 정진으로부터 전화가 걸려왔다.

"어, 나 지금 1번출군데."

―돌아봐라, 자식아.

재건이 놀라서 몸을 빙글 돌렸다.

정진이 코앞에서 씁쓸히 웃으며 핸드폰을 내리고 있었다.

"엄청 빨리도 왔네. 날아왔어?"

"지하철이 바로 있더라. 뭐 먹을래? 술은 소주로 하고."

"이게 시작부터 각 잡고 들어가네. 뭔 일인데 그래?"

"별거 아냐. 자리 잡고 얘기해. 야, 저기 족발집 있다. 간만에 족발이나 먹자."

재건과 정진은 근처의 식당에 들어가 자리를 잡았다.

족발에 앞서 소주와 밑반찬들이 먼저 상 위로 깔렸다.

정진은 기다렸다는 듯이 뚜껑을 따고 재건과 자신의 잔에 술을 따랐다.

"자, 건배."

"야, 고기 나오면 마셔. 빈속이잖아, 너도."

“콩나물국 나왔잖아. 건배하자고.”

“하여간…….”

빈속에 소주를 마시니 단숨에 몸이 후끈 달아올랐다.

재건은 곧장 술을 따르려는 정진의 손에서 술병을 빼앗아 들었다.

“자작하지 마라.”

“자작이 뭐 어때서.”

“너랑 나랑 대사가 바뀐 거 같다. 나 이 장면 꿈에서 본 거 같아.”

“동창회였잖아. 하마에서.”

“아, 맞다. 내가 명훈이 때문에 얼굴 썩었을 때 우리가 이렇게 말했었지.”

정진의 입가에 웃음이 번졌다. 그가 내민 잔에 천천히 술을 따르는 재건도 웃고 있었다.

“무슨 일이든지 말해라. 내가 도와줄 수 있는 거라면…….”

“네가 도와줄 수 있는 영역이 아니다.”

“대체 뭔데 그러냐?”

“효진이.”

정진이 뜸도 들이지 않고 즉각 대답했다.

재건이 한쪽 눈두덩을 찌푸리며 고개를 갸웃했다.

“뭐?”

"효진이 때문이라고."

정진이 술을 단숨에 들이켰다. 잔뜩 찌푸린 얼굴로 콩나물국을 한 숟가락 뜨면서 그는 말을 이었다.

"썸타는 놈 생긴 거 같다."

"그걸 네가 어떻게 아는데?"

"트위터 보니까 분위기가 그래. 뭐 괜찮은 남자들이 자꾸 눈에 보여서 고민이라던데."

"사진이 올라온 건 아니고?"

"어? 어, 사진은 없던데."

"속단하지 마라, 그냥 하는 말이겠지."

"……."

"야, 근데 이것 때문이었어? 흥분한 게?"

"심각한 문제 아니냐?"

"너 효진이한테 고백도 안 했잖아?"

"그렇지."

"야, 너 입 다물고 족발이나 먹어."

"정말 그냥 하는 말이겠지? 괜히? 여자애들 곧잘 트위터로 있는 척 말하기도 하잖아? 어? 효진이도 그런 거겠지?"

"이 자식 이거 정신병자 아니야. 아, 시끄러워."

재건은 어처구니가 없었지만 정진은 자못 심각했다. 그만큼 효진을 좋아하기 때문이라고 이해는 하면서도 한편으로는 답답한 마음을 금할 수 없는 재건이었다.

"내가 해줄 수 있는 게 없더라고."

두 병째의 술을 시키면서 정진이 내뱉은 말이었다.

"만약 효진이랑 잘되면 뭘 해줄 수 있을까 생각했는데. 씨발, 박봉에 시달리는 나한테 연애 자체가 사치 아닐까 싶더라. 효진이는 좀 공주 스타일이잖아."

"네 눈에만 공주로 보이겠지. 내가 보기엔 효진이 수더분하고 털털해. 순대국도 잘 먹고."

"털털함의 예시로 들기에 순대국은 좀 아니지 않냐. 아무튼 내 마음이 그렇다. 아, 몰라. 효진이 아무래도 남자 생긴 거 같아. 분명해. 확실해. 이건 팩트야."

재건은 정진이 늘어놓는 푸념을 묵묵히 들어주었다.

고된 회사 생활에서부터 효진과의 일, 그리고 가족 사정에 이르기까지 한도 끝도 없었다. 재건은 함부로 조언하는 대신 가만히 귀를 기울여 주었다.

'너도 많이 힘들었구나. 미안하다.'

세 병째의 술을 끝내고 흐느적거리기 시작한 정진을 바라보며 재건은 속으로 사과했다. 힘들 때 도움을 준 소중한 친구다. 이제는 기반이 잡혔으니 내가 먼저 손을 뻗어줄 거라고 재건은 스스로 다짐했다.

"나 도저히 이대로는 못 끝내겠다. 노래방으로 2차 가자."

계산을 마치고 나오며 정진이 하는 말이었다.

재건은 노래방 간판을 찾아 주위를 두리번거린 끝에 한 곳을 발견하고 손가락으로 가리켰다.

"그래, 저기 가자. 신나게 부르고 스트레스 풀어."

"야, 잠깐. 스톱."

정진이 재건을 반대편으로 끌어당겼다.

"가까운 데 가지, 어디 가는데?"

"하여간 이놈은 이렇게도 세상 물정을 몰라요. 형님 따라와라."

정진이 재건을 끌고 들어간 곳은 후미진 빌딩의 3층에 자리한 노래방이었다.

도대체 자신이 고른 곳과 무슨 차이인지는 알 길이 없었으나, 재건은 일단 정진을 따라 엘리베이터에 몸을 실었다.

"어서 오세요."

노래방에 들어서자 30대 후반으로 보이는 여주인이 살가운 미소로 두 사람을 맞아주었다. 화장 진한 얼굴에서 짙은 피로가 느껴졌다.

정진이 비틀거리며 카운터로 가 여주인에게 물었다.

"불러주실 수 있죠?"

"네, 그럼요."

"2명이요. 2시간만 놀다가 갈 거고요. 맥주는 일단 4개만 주세요. 얼마예요?"

"15만 6,000원이요."

정진이 손에 쥐고 있던 카드를 내밀어 계산을 했다.

"……."

재건은 기가 막혀서 할 말을 잃고 멍하니 섰다. 미처 말릴 틈도 없었다. 순식간에 벌어진 일이었다.

"들어가셔서 노래 좀 부르고 계세요. 2번 방요."

"네. 재건아, 가자."

정진이 재건을 배정된 방 안으로 이끌었다.

생소한 상황을 제대로 파악하지 못한 재건은 자리에 앉기 전부터 창백해진 표정으로 묻고 있었다.

"야! 박정진! 지금 뭐하는 거야!"

"뭐하긴 뭐해. 신나게 놀자는 거지."

"무슨 얘길 한 거냐고. 어떻게 노래방비가 15만 원이 넘게 나와? 여기 뭐하는 덴데?"

재건의 두 눈은 방 안을 이리저리 훑고 있었다.

대형 화면이 달린 기기와 두 개의 마이크, 그리고 탁자를 둘러싼 'ㄷ'자의 소파가 놓인 평범한 노래방이었다.

"답답한 놈. 넌 글을 쓴다면서 그렇게 정보력이 없냐. 노도 부른 거다."

"노도?"

재건이 알아듣지 못하고 되물었다.

정진은 피식 웃으며 웃옷을 벗더니 말을 이었다.

"노래방 도우미."

"뭐라고?"

재건이 즉시 이맛살을 찌푸렸다.

한 번도 직접 경험해 본 적은 없었다. 인터넷을 통해 어렴풋이 어떤 일을 하는지 읽어본 적만 있을 뿐이었다.

"긴장하지 마. 그냥 노래 같이 부르면서 노는 거야. 무슨 생각을 하는지 모르겠지만 질펀하고 문란한 그런 분위기 아니니까 안심해."

"이런 건 어디서 배웠냐?"

"우리 과장님이랑 한 번 왔었지. 깔끔하게 얘기하고 노래하고 그렇게 놀다가 가는 거야. 사내놈 둘이서 노래 부르는 것보단 분위기도 훨씬 좋다."

"난 네가 이해가 안 간다."

재건이 고개를 절레절레 내저었다.

정진의 이러한 태도가 솔직히 썩 마음에 들지 않았다.

유흥이란 이유로 덮어놓고 반대할 마음은 없었다. 어린 나이도 아니고 그 정도 유연함은 재건에게도 있었다. 문제는 다른 데에 있었다.

"넌 효진이 때문에 속상하다면서 이러고 놀 생각을 했어?"
"아씨, 니가 생각하는 그런 거 아니라고. 그리고 난 어차피 효진이 하고는 안 될 운명이야."
고개를 주억거리며 자조하듯 웃는 정진을 보니 이미 술이 꽤나 취한 상태였다. 이토록 빨리 취할 줄은 몰랐다.
곁에 나란히 앉으며 재건이 물었다.
"너 요즘 계속 야근이었어?"
"어떻게 알았냐."
"얼굴 보면 알아. 툭 건들기만 해도 쓰러질 거 같다. 내 방으로 가서 자자."
"나 안 졸려, 자식아. 그리고 벌써 다 불렀잖아."
"그건 내가 나가서 취소할 테니까 일단 일어……."
끼이익!
재건이 말하는 도중에 여주인이 문을 열고 들어왔다.
캔맥주 4개와 마른안주 접시, 그리고 플라스틱 컵이 차례차례 테이블 위로 빠르게 놓였다.
재건이 두 손을 들어 보이며 여주인에게 말했다.
"사장님, 죄송한데 저희 가려고요."
"간다고요?"
"야, 하재건. 뭔 소리야?"
"넌 가만있어. 죄송합니다. 맥줏값은 드릴게요."

재건의 말에, 여주인이 뚱한 표정이 되어서는 엄지손가락으로 자신의 등 뒤를 가리켰다.

"아가씨들 벌써 다 왔는데?"

"네?"

비로소 재건은 볼 수 있었다.

여주인의 어깨 너머 문간에 두 여자가 쭈뼛거리며 서 있었다.

양쪽 모두 20대 초반일까. 속이 비치는 시스루에 짧은 핫팬츠, 검은 스타킹으로 감싼 두 다리는 힐을 신은 발끝까지 늘씬하게 이어져 내려오고 있었다.

"우리 그냥 가요?"

왼편의 여자가 툭 던지듯이 물었다. 고양이를 닮은 예쁜 얼굴이었다. 화장기 진한 얼굴과 고풍스럽게 묶어 올린 갈색 머리칼은 마치, 자매이기라도 한 것처럼 두 여자가 꼭 같았다.

"아니요, 들어오세요."

정진이 벌떡 일어나 두 여자를 안으로 이끌었다. 동시에 한 손은 지갑에서 3만 원을 꺼내 여주인에게 내밀고 있었다.

"맥주 더 주세요. 돈 되는 대로요."

"네, 가져다 드릴게요."

여주인이 방문을 닫고 나갔다.

물릴 수 없는 단계라는 걸 깨달은 재건은 포기하고 소파에 무너지듯 몸을 앉혔다. 두 여자는 각자 재건과 정진 옆에 자리를 잡고 앉아서는 맥주 캔을 땄다.

"컵에 따라드릴까요?"

"그냥 마시겠습니다."

재건이 캔을 받아 들고 맥주를 한 모금 마셨다. 불편하고도 낯선 감각이었다. 심장 박동이 평소보다 거셌다.

"성함들이 어떻게 되세요?"

정진이 물었다.

두 여자는 서로의 얼굴을 쳐다보더니 차례대로 대답했다.

"다슬이요."

"슬기요."

즉석에서 지어낸 듯한 인상이 짙게 풍기는 이름이었다.

어쨌거나 이름이야 아무래도 좋았다. 자신을 다슬이라고 소개한 재건 옆의 여자가 리모컨을 들었다.

"저 먼저 노래 한 곡 불러도 되죠?"

"그러세요."

여자가 노래를 선곡하더니 마이크를 들고 자리에서 일어섰다. 기다렸다는 듯이 정진이 탬버린을 두드리며 환호성을 내질렀다. 재건은 화면으로 시선을 던지며 헛웃음을 터뜨리고 말아버렸다.

'딱히 엄청나다고 할 건 없군.'

시간이 흐르면서 차차 드는 생각이었다.

정진의 말마따나 질펀하고 문란한 분위기는 아니었다.

교대로 노래를 부르면서 흥 나는 대로 춤을 춘다. 사이사이에 사는 얘기들을 소소하게 늘어놓으며 건배하고 맥주를 마신다.

그게 전부였다.

이 시간이 지나고 나면 다시는 안 볼 사람들. 깊은 대화는 애초에 필요조차 없었다.

'이 여자들은 대체 하루에 술을 얼마나 마신다는 거야. 이래가지고 몸이 견딜 수는 있나?'

테이블 끝을 구르는 빈 캔들을 보며 재건은 속으로 혀를 내둘렀다. 우리와의 시간이 끝나고 나면 또 다른 손님들과 노래를 부르며 맥주를 마시게 될 텐데. 돈을 준다고 해도 이렇게까지 마실 수 있을 것 같지가 않았다.

"야, 하재건. 너도 노래 좀 해!"

땀을 흘릴 정도로 신나게 노래를 부르고 놀던 정진이 소리치듯 말했다.

재건은 쓴웃음으로 고개를 내저으며 사양했다.

애초에 낯선 여자들 앞에서 마음 놓고 놀 수 있는 성격은 아니었다.

'그래, 박정진. 고맙다, 자식아. 좋은 경험하게 해줘서.'

어쨌든 작가로서 많은 경험을 축적해 두는 건 긍정적인 일이다. 언젠가는 오늘 보낸 이 2시간도 글에 써먹을 수 있는 날이 오겠지. 재건은 그렇게 생각하며 정진이 부르는 노래에 맞춰 박수를 쳤다.

바로 그때.

"오빠, 화났어요?"

재건의 옆에 붙듯이 앉으며 여자가 물었다.

시끄러워서 듣지 못한 재건이 미간을 좁히자 그녀는 귀에 대고 목소리를 높였다.

"화났냐구요! 왜 암말도 없어요!"

"그게 아니고 제가 원래 노래를 잘 못해요."

"노래 말구요! 말도 한마디 없잖아요! 내가 싫어서 그래요?"

"아니요, 솔직히 말씀드리자면 제가 이런 적이 없어서 어색한 마음도 있어요."

"에휴, 재미없어. 오빠, 직업은 뭐예요? 힘쓰는 쪽은 아닌거 같은데?"

재건은 잠시 생각했다.

작가라는 사실을 어쩐지 밝히고 싶지 않았다. 이내 떠오른 것이 자신의 판타지 소설 데뷔작 주인공의 직업이었다.

"오일장 돌아다니면서 전기장판 팔아요."

"전기장판이요? 오일장이면 전국 다 도는 거예요? 트럭으로요?"

"람보르기니가 한 대 있죠."

"뭐래, 무슨 람보르기니? 어이없어."

말은 그렇게 하면서도 여자가 재미있다는 듯이 배시시 웃고 있었다.

재건도 막연한 웃음으로 화답했다. 어차피 진실은 없다는 걸 서로 인지하고 있는 자리다. 여기에서만큼은 거짓말도 미안할 일이 아니지 않을까.

"힘내요, 오빠. 세상에 쉬운 돈벌이가 어디 있겠어요. 매일매일 일해서 먹고사는 것만으로도 정말 칭찬받을 일이에요."

노래가 끝나고 음향이 잦아들 즈음 여자가 중얼거리듯 말했다.

재건은 은연중 생각했다.

20대 초반으로 보이는 얼굴과는 다소 어울리지 않는 말이라고.

'그래요, 다들 힘들죠.'

재건은 속으로 대답하며 여자를 힐끗 쳐다보았다.

아무리 진하게 화장을 했어도 보였다. 서글픈 빛이 감도는 두 눈. 잘게 부서져 나오는 한숨 탓에 미약하게 떨리는 턱선.

처음 만난 여자의 고된 삶이 송두리째 전해져 오는 듯한 기분이었다.

"한잔하실래요?"

"네, 주세요."

건배하는 재건의 마음은 어느새 숙연해져 있었다.

글쟁이 특유의 감정 과잉이라고 스스로를 질책하면서 그는 단숨에 맥주를 들이켰다.

정신없이 돌아가는 미러볼 아래서 시간은 빠르게 흘렀다.

금세 2시간이 다 되고 기계가 작별을 알리는 메시지를 토해냈다.

"잘 놀았어요."

재건이 먼저 미련 없이 자리를 털고 일어나 흐느적거리는 정진을 일으켜 세웠다. 정진은 술을 한껏 마신 데다 2시간 내내 야단법석을 피우며 논 탓에 완전히 탈진해 있었다.

"잘 가요, 오빠."

"반가웠어요."

두 여자는 마음이 담기지 않은 목소리로 손을 흔들며 인사했다. 계산할 것이 있는지 그녀들이 남아 있는 동안, 재건과 정진은 노래방을 빠져나왔다.

건물에서 나오자 차가운 밤공기가 확 밀려왔다.

정진은 한껏 기지개를 켜며 하품부터 해댔다. 그의 허리춤을 툭 치며 재건이 물었다.

"이제 속이 좀 풀렸냐?"

"어, 음……."

정진이 코끝을 긁으며 빌딩을 돌아보더니 고개를 내저었다.

"솔직히 술 깨고 나니까 돈 아깝다."

"왜 그렇게 빨리 취했어?"

"피곤했나 봐. 여튼 신나게 놀 땐 좋았는데 너무 비싸. 다음에 내가 또 오자고 하면 네가 말려줘라."

"정신병자 같으니라고. 설렁탕 먹고 들어가자."

"좋지, 오늘 네 방에서 하루 신세져도 되겠냐?"

"어, 이불 또 깔면 돼."

두 사람은 뜨거운 설렁탕을 한 그릇씩 먹고 나서 택시를 타고 집까지 들어왔다.

문을 열자 리카가 캣타워에서 쪼르르 내려와 재건을 반겼다.

"리카야, 정진 오빠야. 나한테 와."

정진이 두 손을 뻗으며 말을 건넸다.

리카는 날선 눈빛으로 쏘아보고는 정진을 피해 캣타워로 도로 올라가 버렸다.

"뭐냐? 사람 차별하는 거냐, 지금?"

"원래 낯 조금 가려. 들어가서 먼저 씻어라."

재건이 갈아입을 옷들을 챙겨주었다.

옷을 받아 든 정진은 간소한 원룸 내부를 여기저기를 바라보며 물었다.

"너 요즘 돈 잘 벌잖아. 조금 넓은 데로 이사 가도 되지 않아?"

"왜, 글쓰기에 딱 좋은 환경인데."

"고양이도 키우는데 답답하지 않냐? 그것도 그렇고 위치도 여긴 너무 외졌어. 최소한 역까지 5분이면 갈 수 있는 그런 곳으로 옮겨."

"난 이쪽이 좋다. 조용해서."

서건우가 잠든 곳이다.

근처의 다른 넓은 집으로 이사를 하는 거라면 몰라도 이 지역 자체를 떠날 마음은 없었다.

정진은 이해가 가지 않는다는 듯이 도리질을 하고는 욕실로 들어가 문을 닫았다.

그 틈을 타 재건은 자기 지갑에서 10만 원을 꺼내 정진의 지갑에 몰래 넣었다. 노래방에서 쓴 비용의 절반쯤이었다.

'다 주고 싶지만 그랬다간 또 나중에 난리를 칠 테고. 자, 이제 오늘의 일기나 써볼까.'

재건이 의자에 앉아 노트북 전원을 켰다.

한동안 쓰지 않았던 일기를 최근 들어 다시 쓰고 있었다. 일기라도 부지런히 쓰면 소설 구상에 도움이 되리라 싶어서였다.

'오늘은 페젤론의 마검사를 쓰다가…… 리카와 드라이브를 하고…… 선배님 무덤에 들렀고…… 정진이랑 같이 족발집에 갔다가 2차로 노래방에…….'

간만에 쓸 얘기가 많았다.

리카와 단둘뿐인 일상에 정진이 들어온 것만으로도 일기의 분량이 평소보다 두 배 이상 늘어났다. 재건은 무릎에 앉은 리카의 체온을 느끼며 즐겁게 일기를 썼다.

'그 여자가 뭐라 그랬더라.'

일기를 다 쓰고 난 순간.

갑자기 자신과 짝을 이뤘던 여자의 말이 떠올랐다.

잠시 기억을 헤집던 재건은 금세 생각해 내고 키보드를 두들겼다.

"힘내요, 오빠. 세상에 쉬운 돈벌이가 어디 있겠어요. 매일매일 일해서 먹고사는 것만으로도 정말 칭찬받을 일이에요."

'이거 느낌 좋은데.'

꾸밈없이 투박하고 흔하면서도 따스한 인간미가 느껴지

는 말.

재건은 길지 않은 문장을 음미하며 마음으로 되뇌었다.

어느새 씻고 나온 정진이 등 뒤로 다가와 서 있는 줄도 모르고 있었다.

"뭐 하냐."

"어, 일기."

정진은 더 관심을 두지 않고 졸린 듯이 하품을 했다.

"안 피곤하냐. 아으으, 나 어디서 자면 돼?"

"침대에서 자."

"그럼 너는?"

"난 작업 좀 하다가 자리 깔고 자면 돼."

"알았다, 먼저 잘게. 너도 적당히 하고 누워."

정진이 침대의 이불 속으로 기어 들어가 몸을 눕혔다.

그러더니 1분이 채 지나지 않아 쌔근쌔근 숨소리를 내며 잠에 빠져들었다.

'자식, 엄청 피곤했나 보네.'

거짓말처럼 빠르게 잠든 정진을 보니 직장인들의 고통과 애환이 느껴지는 듯했다. 연달아 평생 하루도 쉬지 않고 가족을 부양했던 아버지가 떠올랐다.

재건은 정진이 덮은 이불을 고쳐 주고 다시 자리로 돌아왔다.

자신이 쓴 화면의 일기로 시선을 가져갔다.

바로 그 순간.

'이, 이거……?'

영감은 그야말로 예기치 못한 찰나에 찾아왔다.

고된 사회생활의 스트레스로 힘겨워하는 정진, 그리고 스쳐 가듯이 노래방에서 만난 도우미 아가씨가 머릿속에서 하나로 뭉쳐 휘몰아치고 있었다.

재건의 두 손이 키보드 위로 향했다.

스스로의 의지라고는 여겨지지 않았다. 오히려 본능적인 이끌림에 가까웠다.

뻗어 나간 열 손가락이 질풍노도의 기세로 키보드를 강타하기 시작했다.

타다닥……! 탁!

타다닥!

타다다닥……! 탁!

시간의 흐름을 가늠할 수 없었다.

기계식 키보드 특유의 마찰음이 끊임없이 작은 방 안에 울렸다.

정진은 한 번도 깨지 않았다.

오히려 타자 소리가 자장가라도 된다는 듯이 길고도 편안한 숙면을 취하고 있었다.

"으으, 물…… 물……."

타는 듯한 갈증으로 잠에서 깨어난 정진이 중얼거렸다.

재건이 정수기에서 컵 가득히 냉수를 받아다 그에게 건넸다.

"여기 있다."

정진은 두 눈을 제대로 뜨지도 못한 채 일어나 컵을 받고는 벌컥벌컥 마셨다. 적지 않은 양의 물을 전부 마시고 난 그는 신음 같은 한숨을 내쉬며 창밖을 바라보았다.

밤이 지나간 세상이 훤히 밝아 있었다.

"몇 시냐, 지금."

"7시. 슬슬 씻어라. 나가는 길에 나랑 밥 먹자."

"생각 없다. 다 토해 버릴걸. 그리고 빨리 준비해야지."

정진은 도로 눕지 않고 몸을 일으켰다.

머리가 깨질 것 같았다. 누군가 방을 들고 빙빙 돌리는 느낌이었다.

그래도 지금 일어나지 않으면 회사에 지각하니 어쩔 도리가 없었다.

컴퓨터 앞에 도로 앉으며 재건이 말했다.

"대단한 정신력이다, 박정진. 직장인은 엄청나."

"놀리는 것처럼 들린다."

"진심으로 하는 소리다."

"그러는 넌 뭐 하고 있냐."

정진이 욕실로 들어서다 말고 노트북 모니터로 두 눈을 들이밀었다. 깨알 같은 글자들이 워드 프로그램 화면을 수북이 채우고 있었다.

"너 혹시 밤새 글 썼냐?"

"어, 잠이 안 와서."

대수롭지 않게 대답하는 재건 옆에서 정진은 입을 떡하니 벌렸다.

"야, 너도 어제 꽤 마셨잖아. 안 피곤해?"

"난 집에서만 일하잖아. 그러니까 너보다 훨씬 편하지."

"헛소리하지 마. 누군 회사에서 글 안 쓰냐? 글쓰기도 노동인데. 야, 쥐가 고양이 걱정하는 것도 아니고 이러다 네가 먼저 쓰러지겠다."

"들어가서 씻기나 해라."

정진이 욕실로 들어가자마자 재건은 다시금 타자를 두드렸다.

밤새 구상한 장편소설의 시놉시스와 플롯이었다. 두 눈이 몹시 침침했지만 마침표를 찍기 전에는 그만둘 수 없었다.

"야, 하재건."

"어? 왜. 아니, 너 언제 옷 다 입었어?"

놀란 얼굴로 돌아본 재건 앞에 어느새 정진이 옷을 갈아입고 서 있었다. 스웨터의 소매를 끌어내리며 정진은 어이없어했다.

"10분도 더 됐다. 하여튼 글 한번 쓰기 시작하면 정신을 못 차리네. 간다."

"회사까지 데려다줄게."

"쓰던 글이나 끝까지 써. 중간에 끊으면 되겠냐?"

정진은 단호하게 차로 데려다주겠다는 재건의 제안을 거부했다.

"일부러 걸으려고 일찍 나가는 거야. 술이나 깨게."

별수 없이 재건은 큰길까지라도 배웅하려고 슬리퍼를 신었다.

현관문을 열자 차가운 가을바람이 들이닥쳤다.

얼굴로 날아드는 낙엽을 피해 고개를 숙이며 재건이 불쑥 물었다.

"야, 박정진. 너 주인공으로 소설 하나 써도 되지?"

"날 주인공으로? 내가 뭐 재미있는 인생이라고 날 주인공으로 써?"

"싫어?"

"싫고 자시고 간에 내 허락받을 필요나 있냐? 그냥 써."

"알았다."

이런저런 대화를 하다 보니 어느새 지하철역까지 왔다.

물밀 듯이 역사로 들이닥치는 인파 속으로 정진이 섞여들었다. 재건은 정진의 모습이 완전히 보이지 않게 되고서야 집을 향해 몸을 돌렸다.

"리카, 밥 먹어. 오빠는 좀 더 써야겠다."

원룸으로 돌아온 재건은 신발을 벗자마자 멈췄던 작업을 재개했다. 오래도록 새로운 이야기를 짜내지 못한 채 굳어 있던 두뇌가 제대로 가동하고 있었다.

'삶에 찌든 젊은 직장인과 가난한 노래방 도우미의 만남……! 두 사람의 공통분모는…… 고독. 그래, 고독감이다. 어느 것 하나 의지할 것이 없던 두 사람이 서로를 의지하게 되는 거지!'

남자 주인공의 모델은 절친한 벗 정진.

여자 주인공의 모델은 어젯밤에 처음 본 노래방 도우미.

대박의 조짐이 왔다.

상업적인 의미뿐만이 아닌 작품적으로도 강렬한 확신이 섰다. 흥분으로 들썩이는 온몸을 가눌 수가 없었다.

BIG LIFE

오전이 다 지나 점심이 되고 다시 해가 저문 끝에 저녁이 되었다.

재건은 밥을 먹는 것조차 잊고 글만 쓰고 있었다.

리카도 간만에 새 작품 구상에 몰입한 재건을 방해하지 않았다.

"안 돼……! 아씨, 캐릭터가 어설퍼!"

재건은 구상의 한계를 느끼고 머리를 뒤헝클었다.

정진을 모델로 한 남자 주인공은 조형하기에 어려움이 없었다.

문제는 여자 주인공이었다.

노래방 도우미의 생활에 대해서 모르는 게 너무나도 많았다.

그렇다면 이 난관을 돌파할 방법은?

'다시 가 볼 수밖에……!'

결정이 내려진 이상 머뭇거리지 않는다.

재건은 벌떡 일어나 서둘러 씻고 옷을 갈아입었다. 그리고 눈에 보이는 펜과 메모장을 챙겨 튕기듯이 집을 나섰다.

8시를 갓 넘긴 밤의 세상은 벌써 왁자지껄한 분위기를 조성하고 있었다.

재건은 기억을 더듬어 노래방을 찾아갔다. 불과 어제 방문했던 곳이기에 찾기는 어렵지 않았다.

"어서 오세요."

어제의 여주인이 고개를 들고 재건을 맞았다. 시선이 마주치자 기억하고 있다는 듯 두 눈을 치켜뜨는 그녀에게 재건은 말을 건넸다.

"안녕하세요. 저 기억하시죠? 어제 친구랑 둘이 왔었는데요."

"네, 삼촌 둘이 오셨던 거 기억하죠."

"다름이 아니라, 저…… 어제 동석했던 그 여자분 좀 불러주실 수 있을까요?"

여주인이 미간을 좁혔다.

노래방 도우미를 찾는 손님치고는 말투가 의혹스러워서였다.

"무슨 일로요?"

"아, 그러니까…… 뭐, 같이 노래 부르고 놀고 싶어서요. 마음에 들었거든요."

작가라는 사실은 일단 숨기기로 했다. 그렇게 말했다간 괜히 더 이야기만 꼬여 버릴 것 같았다. 여주인은 여전히 의심스러운 눈초리로 재건을 훑듯이 바라보는 중이었다.

"어제 처음 만난 아가씨 아니에요?"

"네, 맞아요."

"혼자 오신 데다 처음이시면 지명해도 거의 안 나와요. 진상 손님이 하도 많아서."

어쩐지 대화가 제대로 풀리지 않는 느낌이었다.

생각 끝에 재건은 지갑에서 3만 원을 꺼내 들어 여주인에게 내밀고 말을 이었다.

"부탁 좀 드릴게요. 저 이상한 사람 아니에요. 그 아가씨가 정말로 마음에 들었어요."

"으음……. 곤란하네."

말과는 달리 진한 매니큐어를 손톱에 바른 여주인의 손은 재건의 돈을 받아 들고 있었다.

"둘 중에 어떤 아가씨를 찾는데요?"

"그 조금, 약간 더 키가 작았어요. 얼굴이 고양이상이었고요. 이름은 다슬이라고 했습니다. 또 한 분은 슬기라고 했고요."

"그건 다 가명이구요. 내가 재영이는 아는데, 삼촌이 찾는 그 아가씨는 어제 처음 보거든."

"재영이라는 분께 연락하시면 안 되나요?"

여주인이 어이없어하며 피식 웃음을 터뜨렸다.

"두 아가씨 서로 몰라요. 서로 다른 사무소에서 나오는 거야."

"아, 그런 거예요?"

그래서 어제 노래방에서도 두 여자가 서로 데면데면했었구나.

비로소 깨닫고 고개를 끄덕이는 재건 앞에서 여주인은 핸드폰을 들더니 어딘가로 전화를 걸었다.

“여보세요? 응, 여기 허브야. 딴 게 아니라, 어제 그러니까…… 저기, 삼촌. 어제 우리 노래방 몇 시쯤 왔었지?”

“8시 조금 넘어서요.”

재건의 대답을 들은 여주인이 핸드폰에 대고 말을 계속했다.

“어제 저녁 8시 조금 넘어서 재영이 여기 왔었잖아. 응, 그래. 기억나지? 그때 같이 들어온 아가씨 혹시 알아? 아니, 지명이 있어서. 응…… 아, 그래? 김 실장네? 이름은 다슬이 쓰는 거 맞고? 알았어, 고마워.”

여주인은 전화를 끊자마자 다시 어딘가로 전화를 걸었다.

“여보세요? 안녕하세요, 나 허브. 거기 다슬이라는 애 있지? 걔 출근했어? 아…… 그래? 알았어, 바로 전화 좀 줄래? 지명 있는데.”

여주인이 곁눈으로 재건을 잠시 살피고는 말을 이었다.

“이상한 사람 아냐. 보면 알지. 젊은 사람. 응, 깔끔해. 응, 알았어. 고마워.”

통화를 끝낸 여주인은 물을 한 모금 들이마시고 타는 목부터 달랬다. 그런 다음 기다리고 서 있던 재건에게 설명했다.

“아직 출근 전이래요. 곧 출근할 것 같다고는 하는데, 나오는 대로 여기로 보내주라고 했어요. 조금 기다려 봐요, 삼촌."

"정말 감사합니다."

재건은 입구 옆에 마련된 대기실 의자에 몸을 앉혔다.

팁을 받은 여주인은 냉장고에서 음료수까지 하나 꺼내 그에게 건네주었다.

"근데 삼촌은 무슨 일 하는 사람이야?"

"지방 돌면서 전기장판 팔아요."

여주인이 눈을 흘기며 코웃음을 쳤다.

"거짓말. 딱 보니까 손에 먹물 묻히고 사는 양반이구만. 아무튼 알았어요."

여주인은 더 묻지 않고 돌아섰다.

재건은 여주인의 통찰력에 내심 감탄하며 홀로 고개를 내젓고 있었다.

30분이 지나고 1시간이 다 되어가도록 여자는 나타나지 않았다. 재건은 둘 곳 없는 시선을 TV에 꽂은 채 시간을 죽이고 있었다.

'안 오려는 건가.'

출근을 하지 않은 걸까, 아니면 여주인의 말대로 혼자 찾아온 진상 손님일까 봐 거르는 걸까.

이럴 줄 알았다면 어제 더 많은 이야기를 나누고 내친김에 연락처까지 받아두는 건데.

'다른 도우미로는 안 돼.'

이 소설을 구상하게 된 결정적인 계기는 다슬이란 여자가 어제 했던 말 때문이다. 그 따스한 한마디 말이 아니었다면 시작할 생각도 하지 못했을 것이다.

소설을 완결까지 올곧게 써내기 위해서라도 어제의 여자로부터 받은 감각을 재건은 결코 포기할 수 없었다.

말초적인 흥미 위주로 쓰려는 소설이 아니다. 인간을 담아내야 한다. 재건이 가진 작가로서의 욕심이자 고집이며 또 의지였다.

바로 그때.

'따라랑' 하고 출입구에 매달린 종이 맑은 음색으로 울렸다.

무심코 돌아본 재건이 두 눈을 동그랗게 떴다. 기다리고 있던 여자가 들어오고 있었다. 어제와 비슷한 시스루에 핫팬츠 차림이었다.

"안녕하세요, 이모. 저 손님 계신다면서요?"

"아, 이제 왔네. 저기 삼촌이야."

재건 쪽을 돌아본 여자가 놀란 표정으로 몸을 움츠렸다.

재건은 자리에서 일어나 고개를 까닥이며 인사를 건넸다.

"안녕하세요."

"네……."

여자가 애매하게 말을 받았다.

그녀의 등 뒤에서 여주인이 재건을 향해 손짓하며 말했다.

"삼촌, 어제랑 똑같이 2번 방 들어가면 돼."

"아, 네. 계산 먼저 할게요."

여자가 먼저 방으로 들어가고 재건은 지갑을 꺼내 들었다.

"2시간, 아니, 3시간 계산해 주세요."

"그렇게 오래 놀게?"

"네, 얼마예요?"

"13만 5,000원. 맥주는?"

"일단 2개만 주세요."

재건이 계산을 하고 방으로 들어섰다.

여자는 양 무릎 위에 두 손을 포갠 채 다소 어색한 느낌으로 앉아 있었다.

"놀라셨어요?"

"조금……."

여자의 말은 짧았다.

재건은 그녀의 맞은편에 앉아 겉옷을 벗었다.

잠시 후, 여주인이 맥주를 가져다주고 문이 닫힌 다음에야 재건은 입을 열었다.

"저기요."

"네?"

여자가 몸을 흠칫 떨며 고개를 들었다. 이상한 부탁이라도 해오려는 걸까 하고 지레 겁부터 먹은 표정이었다.

“사실 부탁드릴 것이 있어 그쪽을 찾았어요.”

“무슨 부탁이요?”

“노래 부르지 말고 저하고 대화 좀 해주시면 안 될까요. 물론 시간에 맞춰서 돈은 전부 드리겠습니다.”

여자는 재건의 말이 이상하다고 느꼈다.

외로운 마음에 도우미를 찾아 푸념을 줄기차게 늘어놓는 손님들도 꽤 있긴 했다.

하지만 눈앞의 젊은 손님은 시작부터 대화라는 것 자체를 목적으로 밝히고 있는 것이다.

“대화는 노래 부르고 놀면서 하기도 하고 그런 거잖아요.”

“깊이가 있는 대화를 하고 싶다는 얘깁니다. 그쪽이 일하시는 이야기 같은 것들을 듣고 싶어요. 물론 실례가 되지 않는다면요.”

“제가 일하는 거요? 왜요?”

여자가 떨떠름하게 되물었다.

재건은 더 이상 숨길 수만은 없다는 판단을 내리고 사실을 토로했다.

“사실 전 글쟁이입니다.”

“글쟁…… 이요? 작가?”

“네.”

"시장 돌아다니면서 전기장판 판다면서요?"

"농담이었습니다. 직업은 글쟁이예요."

재건은 원래 스스로를 작가라고 소개하는 법이 없었다. 그의 마음속에서 작가라는 단어가 지닌 무게는 컸다. 그리고 자신은 아직 거기에 부합될 만큼 성장하지 못했다.

"어제 그쪽을 뵙고 나서 집에 돌아가자마자 갑자기 이야기가 떠올랐어요. 노래방 도우미가 직업인 여자를 주인공으로 삼아 글을 쓰고 싶어져서 급히 줄거리를 짰죠."

여자는 두 눈을 동그랗게 뜬 채 재건의 말을 듣고 있었다.

"그런데 쓰다가 막혔습니다. 제가 노래방 도우미라는 직업을 가진 사람들의 일상에 관해 아는 것이 거의 없습니다. 이대로는 더 쓸 수가 없어요. 그래서 실례를 무릅쓰고 취재를 부탁드리는 겁니다."

재건의 말투는 한 치의 흐트러짐도 없이 여자의 귓가로 또박또박 파고들었다.

그러나 여자는 아직도 멍하기만 했다.

"어려울까요?"

"아, 아니요."

여자가 고개를 들었다.

양 손바닥으로는 땀이 찬 자신의 허벅지를 쓱쓱 문지르고 있었다.

"어려운 건 아닌데, 좀 당황스러워서요."

"이해합니다. 저 같은 손님 없었겠죠."

"그냥 대화만 하는 걸로 된다는 거죠?"

"네, 말씀드렸다시피."

"물어보는 거 대답만 해주면 시간 맞춰서 돈도 똑같이 주는 거고요?"

"당연하죠."

거듭 확인하듯 묻고 난 여자가 희미하게 웃었다. 진한 립스틱 탓에 한결 도톰해 보이는 입술이 반짝이고 있었다.

"거절하는 게 바보겠네요. 나야 편하고 좋죠."

여자가 손을 뻗어 두 캔의 맥주를 하나씩 땄다. 그중 하나는 자신의 손에 들고 또 하나는 재건 쪽으로 건넸다.

"건배해요."

"죄송한데 제가 술은 조금……."

재건이 말끝을 흐리며 사양했다. 술을 마시면 정신이 흐트러지고 제대로 글을 쓸 수가 없게 된다. 가능하면 마시고 싶지 않았다.

그러나 여자는 물러서지 않았다.

뾰로통하게 입술을 내밀며 고개를 모로 돌리더니 실망스러운 듯이 중얼거리는 것이었다.

"건배 안 하면 계약 성립 안 되는데."

"그럼…… 한 캔만."

재건이 마지못해 맥주를 들었다.

여자가 즉시 반색하고는 맥주를 높이 들어 재건과 맞부딪쳤다.

"원 샷이요."

"네? 이걸 한 번에요?"

그렇게 묻는 재건 앞에서 여자는 벌써부터 목울대를 울리며 맥주를 들이붓고 있었다.

재건은 침을 한 번 꿀꺽 삼킨 끝에 비장한 얼굴로 맥주를 마시기 시작했다.

탄산 때문에 목이 따가워서 두 눈이 질끈 감겼다.

벌써 다 마시고 난 여자는 힘겹게 맥주를 마시는 재건을 야릇한 미소로 바라보는 중이었다.

"크ㅇㅇㅇㅇㅇㅇㅇ……!"

가까스로 한 캔을 전부 마시고 난 재건이 캔을 내려놓으며 신음을 토해냈다.

손아귀에 절로 힘이 들어가면서 빈 캔이 무참히 찌그러졌다.

"무슨 남자가 맥주 한 캔에 이래요?"

여자가 괴로워서 목을 잡고 컥컥거리는 재건을 보며 피식 웃었다. 그녀는 쭉 뻗은 다리 한쪽을 들어 꼬고는 담배에 불을 붙였다. 벌어진 입술 틈으로 새하얀 연기가 한 움큼 뿜어져 나왔다.

"시간 계속 가네요. 시작하세요. 뭐든지 물어봐요."

"크으…… 네."

재건이 즉시 메모장과 펜을 꺼내 들었다.

노트북을 가져왔으면 좋았을걸 하고 내심 후회하면서 그는 첫 번째 질문을 던졌다.

"이 일을 시작하시게 된 것부터 이야기를 듣고 싶어요."

여자가 천장으로 두 눈을 치켜떴다.

또 한 모금의 담배 연기를 길게 뱉어내며 그녀는 대답했다.

"고등학교를 자퇴했어요. 새엄마랑 사이가 나빠서 집을 나왔고요. 이 일 저 일 하다가 돈 될 만한 걸 찾다 보니 노래방 도우미를 하게 됐네요. 아직 한 달도 안 됐어요."

"네……."

부지런히 요점을 받아 적으면서 재건은 내심 놀랐다.

단순히 생활고로 노래방 도우미를 시작하게 됐다는 것을 넘어서 개인적인 사연까지 곁들여 주다니.

재건으로서는 당연히 반길 일이었다. 소설 속 여주인공을 생생하게 조형하는 데에 큰 도움이 될 테니까. 가능하면 그녀에 대해 많은 이야기를 듣는 편이 좋을 수밖에 없었다.

"처음에 정보는 어떻게……?"

“인터넷이요. 보고 전화한 다음에 보도방 삼촌이랑 카페에서 면접보고 그날부터 바로 출근했어요. 대충 8시에 나와서 2시까지 해요. 손님 많으면 4시까지도 하고요.”

“아아, 네. 8시부터 2시까지요. 기본적인 것 외에 수입은 또 없나요?”

“단골손님들은 팁을 줘요. 단골 아니더라도 기분 좀 맞춰주면 주기도 하고요. 꼴랑 만 원 한 장 주면서 더럽게 생색내는 진상들도 있고요. 피곤해요.”

“그러게요, 진짜 피곤하시겠네요.”

적절히 장단을 맞춰주면서도 재건의 손은 한시도 쉬지 않고 있었다. 새하얗던 백지가 깨알 같은 글씨들로 빽빽하게 채워져 가고 있었다.

BIG LIFE

‘왜 이렇게 조용하지?’

카운터의 여주인이 이상한 낌새를 느끼고 미간을 좁혔다.

지나치게 조용했다.

시간이 꽤 지났음에도 불구하고 노랫소리 한 번 흘러나오지 않고 있었다.

‘뭔 일 난 거 아냐?’

별의별 손님이 넘쳐나는 세상이다.

열 길 물속은 알아도 한 길 사람 속은 모르는 법.

문득 불안해진 여주인은 카운터에서 나와 재건이 있는 방으로 향했다.

'응? 그냥 얘기하는 중이네?'

창틈을 통해 들여다보니 재건과 도우미 아가씨는 마주 앉아 평범히 대화를 나누고 있을 뿐이었다.

여주인은 뒤늦게나마 몹시 궁금해졌다.

어제 처음 본 사이면서 무슨 얘기들을 저토록 열심히 하고 있는 건지.

"여기요, 맥주 4개만 더 갖다 줘요!"

"네네, 손님. 금방 가져다 드릴게요."

여주인이 돌아서서 냉장고로 잰걸음을 서둘렀다.

특이한 손님의 동향을 관찰하고 있기에는 일이 너무도 바빴다. 재건을 향한 그녀의 관심은 그렇게 끝났다.

밤이 깊어가고 있었다.

노래방은 더욱 늘어난 손님들의 노랫소리와 열기로 한껏 고조되어 있었다. 처음부터 끝까지 고요함을 지키고 있는 방은 단 하나뿐이었다.

"후우……. 고생하셨습니다."

2시간이 조금 넘게 지났을 무렵, 재건이 펜을 거둬들였다.

일단 생각한 질문에 대한 대답은 모조리 얻었다.

소설을 얼마간 더 쓰고 나면 또 필요한 정보가 생겨날 것이다. 지금 단계에서는 더 묻고 싶어도 무엇을 물어야 할지 스스로도 알 수 없는 상태였다.

"도움이 많이 됐어요. 오늘 들은 이야기들을 참고삼아서 잘 써봐야겠습니다. 조만간 또 궁금한 것들이 생기면 부탁드려도 될까요?"

여자가 새 담배를 꺼내 물며 고개를 끄덕였다.

가늘게 뜬 두 눈 위에서 기다란 속눈썹이 파르르 떨리고 있었다. 2시간 내내 지속된 대화 때문에 여자 역시 조금은 지친 기색이었다.

"8시에 출근하니까 가능하면 일찍이요. 늦을수록 제가 술을 많이 마신 상태일 텐데. 그럼 대화하기 어렵잖아요."

"알겠습니다. 힘드셨죠?"

여자가 고개를 내저으며 쿡쿡 웃었다.

"별로요. 그냥 재밌었어요."

"재밌었다고요?"

"이렇게 막 질문 받아본 거 처음이거든요. 내가 마치 스타가 된 거 같은 기분? 막 이래."

혀를 쏙 내미는 여자의 얼굴에서 순간 풋풋함이 엿보였다. 진한 화장을 지우고 나면 훨씬 더 어려 보이리라.

"담엔 이리로 전화해요. 노래방 이모 통하지 말고."

여자가 재건의 메모장에 다슬이란 이름과 함께 전화번호를 적어주었다.

재건은 지그시 미소를 지으며 속으로 감사했다.

자신을 구원해 준 밤의 그녀에게, 진심으로.

BIG LIFE

본격적인 집필이 시작되었다.

소설로 시작해서 소설로 끝나는 하루하루가 빠듯하게 흘러갔다. 하루 16시간 이상을 글만 썼다. 그래도 끝이 보이지 않았다.

'이상해, 마음에 안 들어!'

분량이라면 진즉에 채웠다.

시간당 1만 자를 쓰게 해주는 서건우의 노트북이 있으니까.

문제는 써낸 글이 좀처럼 마음에 차지 않는다는 점이었다. 쓰는 양과 지우는 양이 거의 비등했다.

재건은 타자를 두들기며 머릿속의 스승에게 물었다.

'선배님, 처음 만난 도우미와 모텔을 가는 이 장면 어떻게 생각하세요?'

-묻지 말게, 답이 없는 부분이야. 그것보단 묘사가 지나

치게 미려해서 걸리는군. 중요한 건 두 남녀가 서로 눈이 맞았다는 건데 문장이 화려해서 사건이 흐려지고 있어. 모조리 삭제하게.

'그런가요. 저는 이 부분이 너무 가볍게 표현되는 게 싫어서요. 단순한 로맨스 소설을 쓰려는 게 아니잖아요. 이건 삶에 찌든 두 남녀가 성장하는 성장소설이기도 해요.'

—자네가 작품성에만 혈안이 돼서 글을 그르칠까 봐 하는 소리야. 겉치레에 공들이지 말게. 진심만을 오롯이 담아. 머리에 가장 먼저 떠오른 표현을 토해내. 그게 진짜 문장이야.

'네, 선배님. 명심하겠습니다.'

머릿속의 서건우는 열과 성을 다해 제자를 지도했다.

재건도 그에 맞춰 혼신의 힘을 다하고 있었다.

스승은 물론이고 자신도 충분히 만족할 수 있는 소설을 써내기 위해서.

'아, 또 막혔어……! 모자라!'

일주일이 지났을 즈음.

재건은 다시금 난관에 봉착해 이마를 싸맸다.

노래방 도우미인 여주인공의 위기가 없어도 너무 없었다.

'항상 이렇게 순탄할 리가 없잖아. 언제나 노래나 부르고 맥주 몇 잔 마시고 끝날 턱이 없다고. 정보가 더 필요해!'

사실 어느 정도는 이렇게 될 거라고 예상하고 있었다.

일전에 다슬을 만났을 때 민망할 수 있는 부분들에 관해서는 질문을 거의 하지 않았다.

첫 대화이기도 했고, 다음에 또 만나서 물어보면 될 거라는 느긋한 마음도 있었다.

'지금 연락해도 될까?'

시계를 보니 밤 9시가 넘어가고 있었다.

이미 다른 손님들을 받아 일하는 중일 확률이 높았다.

재건은 일단 메시지나 보내보기로 마음먹고 핸드폰을 잡았다.

-안녕하세요, 저 요전의 글쟁이입니다. 늦어서 죄송하지만 오늘 뵐 수 있을까요?

한참 달아올라서 쓰다가 막혀 버린 참이어서 재건은 마음이 몹시 다급했다. 내일이 아니라 당장 오늘 만나서 이야기를 듣고 싶은 심정이었다.

다슬의 답장은 좀처럼 오지 않았다.

노래방 도우미인 그녀의 사정을 뻔히 이해하면서도 기다리는 재건은 초조하기 그지없었다.

1시간이 지났을 때였다.

메시지가 수신된 핸드폰이 몸을 떨었다.

리카와 함께 방바닥에 드러누워 있던 재건은 몸을 벌떡 일으켰다.

-미안요. 일하는 중이었음. 지금이라도 가능?

-바로 나갈게요. 허브 노래방으로 가요?

-옆에 한성포차라구 있어요. 드가 있을게여.

-알겠습니다. 20분이면 갑니다.

재건은 보이는 셔츠와 청바지를 집어 옷을 갈아입고 집을 나섰다. 차를 끌고 갈까 했지만 장소가 술집이라서 그만뒀다. 어쩐지 여자가 한 잔이라도 먹일 거라는 생각이 들었다.

"여기요, 오빠!"

술집에 들어서자 구석진 자리에 앉은 다슬이 손을 번쩍 들어 보였다.

재건은 손님들로 가득한 홀을 통과해 다슬의 맞은편 의자에 앉았다. 원형 테이블 위에는 콩나물국과 소주 한 병이 놓여 있었다.

"어차피 노래도 안 부르고 얘기만 할 건데. 이런 데가 덜 답답하고 좋잖아요."

말하고 난 다슬이 생글거리며 웃었다.

예전과는 달리 화장기가 거의 없는 얼굴이었다.

옷차림도 화려하지 않고 평범했다. 20대 전후의 여자들이 곧잘 입는 카키색 재킷에다 각선미가 드러나도록 짝 달라붙는 청바지를 입고 있었다.

'예쁘네.'

처음 봤을 때부터 예쁘다는 생각은 했었다. 그런데 지금 보니 정말로 예뻤다.

태생적인 미인이랄까. 꾸미지 않은 얼굴 자체에서 빛이 나는 듯했다.

"작가 오빠 저녁 먹었어요? 나 배고픈데."

"저도 아직 안 먹었어요. 드시고 싶은 걸로 시키세요."

"아무거나 시켜도 돼요? 나 매운 거 짱 좋아하는데?"

"저도 잘 먹어요."

"알았어요. 이모! 여기 찜닭이요!"

목소리를 높여 주문한 다슬이 술병을 들며 권했다.

재건은 차를 가져오지 않기를 잘했다고 생각하며 두 손으로 잔을 받았다.

"그래서, 오늘은 뭐가 궁금한 건데요?"

"음, 그러니까 그게요……."

첫 마디를 꺼내기가 어려운 재건이었다.

술을 마실 생각이 아니었는데 입이 저절로 술잔을 끌어당기고 있었다.

"좋지 않은 일들이라고 해야 하나요. 혹은 수위가 높은 부분에 관한 일들을 물어보고 싶어서요."

"뭐예요, 그게? 어렵게 말하네."

"이를테면…… 손님들이 항상 얌전하게 노래만 부르고 가는 건 아닐 텐데요."

"흐음?"

다슬이 얇아진 눈으로 흘기듯이 쳐다보았다.

재건은 조금 민망한 기분이 되어 잠자코 젓가락을 들었다.

콩나물 한 젓가락을 집어 든 순간, 다슬이 입을 반쯤 벌리고는 알겠다는 듯이 쿡쿡 웃었다.

"엠티로 2차도 가고 그러냐, 그런 부분들이 궁금하다는 거죠?"

"네, 그러니까 좀 여러 측면에서 총체적으로요."

재건이 무안한 빛을 띤 얼굴로 가렵지도 않은 뒷머리를 긁적였다.

다슬은 별로 어려워하지도 않고 흔쾌히 입을 열었다.

"가는 언니도 많아요. 돈 때문이죠. 엠티비 제외하고 따로 받아요. 볼일 끝나면 금세 일하러 노래방으로 돌아오고."

"으음, 네."

"나는 안 가요. 그렇게까지 돈이 궁한 건 아니거든요. 가끔 엠티로 바로 안 가고 이렇게 술집에 가자는 손님들도 있어요. 시간비야 똑같이 주니까. 근데 술집도 어지간하면 난 피해요. 어차피 열이면 열, 술 만땅 취하면 3차로 엠티 가자고 조르거든. 개피곤해."

재건은 메모장을 꺼내 부지런히 요점을 적고 있었다.

오이 하나를 집어 우물거리며 다슬이 덧붙였다.

"엠티 안 가고 노래방 안에서 그러는 경우도 있고요."

"노래방 안에서요?"

"안 되는 데도 있는데, 허용하는 데선 그래요. 소주에 회에 과일안주까지 싹 시켜놓고. 빤스 사고팔고."

"빤스를…… 사고판다는 게 뭐죠?"

"그 짓 들어가기 전에 팬티부터 팔아요. 인사한다고 표현하죠. 인사한다고 3~5만 원 주면 팬티를 벗어요. 남자가 참을 수 있겠어요? 술도 왕창 마셨고 눈 돌아갔을 건데. 10만 원 돈 더 얹어주고 결국 끝까지 가는 거지."

현업 종사자가 토해내는 날 것의 생생한 정보가 속속들이 쏟아져 나오고 있었다.

재건은 다슬이 하는 말을 한마디도 놓치지 않으려 두 귀를 쫑긋 세우고 열심히 받아 적었다. 쉴 새 없이 움직이는 메모장 위의 손은 열이 올라 새빨개져 있었다.

"아, 좀 춥다."

문득 다슬이 양팔을 문지르며 중얼거렸다.

재건은 잠시 펜을 멈추고 그녀에게 권했다.

“저랑 자리 바꾸세요. 그쪽이 더 외풍이 심한 것 같은데.”

“걍 앉아 있어요.”

대답과 동시에 자리에서 일어난 다슬은 테이블을 빙글 돌아와서는 재건의 옆으로 의자를 당겨 앉았다. 연한 화장품 냄새가 재건의 콧속으로 스며들었다.

“글씨 엄청 빠르게 쓰던데, 그래도 잘 쓰네요?”

메모장을 들여다보며 다슬이 하는 말이었다.

다슬은 시선을 메모장에 둔 채 재건 쪽으로 몸을 틀었다. 그러고는 청바지를 입은 매끈한 두 다리를 들어 재건의 허벅지 위에 얹었다. 당혹으로 재건의 몸이 굳어들었다.

“이러면 따뜻하잖아요. 왜요, 무거워요?”

“음…… 아니요. 괜찮아요.”

다슬의 숨결이 뺨으로 직접 와 닿고 있었다.

조금은 정신이 아찔해지는 재건에게 그녀는 아무렇지도 않다는 듯이 말을 이었다.

“어디까지 말했었지? 또 뭐 물어볼 거 없어요?”

“아, 네. 그럼 이번엔 진상 손님들로 인한 사고들을 생각나는 대로 좀 부탁드릴게요.”

찰싹 달라붙다시피 한 채로 취재는 이어졌다.

다슬은 마치 오랜 연인인 것처럼 재건의 허벅지 위에 두 다리를 올려놓은 채 이런저런 얘기들을 쏟아냈다.

처음엔 민망했던 재건도 시간이 흐르자 익숙해졌다.

다른 손님들도 전혀 신경을 쓰지 않았다.

저마다 자신의 일행과 술잔을 나누며 수다를 늘어놓기에 여념이 없는 모습들이었다.

"고마웠어요. 이 정도면 된 것 같아요."

이윽고 취재를 끝낸 재건이 메모장을 덮었다.

테이블 위에 놓인 빈 병은 둘이었다.

재건이 마신 건 끽해야 3~4잔이 고작이었다. 1병하고도 반 이상을 다슬 혼자서 마신 셈이었다.

"힘들었죠?"

다슬은 대답 대신 재건의 어깨에 머리를 기댔다.

살짝 벌어진 그녀의 입에서 가느다란 한숨이 새어 나왔다.

"아뇨, 전에도 말했잖아요. 스타 된 거 같아서 기분 좋다고."

"하하."

"난 정말로 스타가 되고 싶거든요. 왜 되고 싶게요?"

"돈 많이 버니까?"

"그것도 있지만…… 에이, 됐어요."

다슬이 기댔던 머리를 들고 술병을 들었다.

재건은 병을 빼앗아 그녀의 잔에 직접 술을 따라 주었다.

"오빠는 참 착하네. 배려심 쩔어."

"그렇지도 않아요."

"이름 뭐예요? 원래 이런 거 안 물어보는데 갑자기 궁금해졌어."

"자기도 안 가르쳐 줘놓고 이름은 왜 물어봐요."

"내 이름은 다슬인데."

"가명인 거 다 알고 있어요."

"치, 됐어요. 그냥 오빠라고 부르면 되지."

다슬이 술잔을 들어 입으로 가져갔다.

재건은 슬슬 걱정이 됐다.

그녀의 주량이 얼마나 되는지는 몰라도 어쨌든 꽤 많이 마셨다.

"엄마를 만나고 싶어요."

술잔을 내려놓으며 다슬이 불쑥 내뱉은 한마디.

재건은 흠칫해서 다슬의 옆얼굴을 바라보았다. 오래된 기억이 뒤섞인 듯한 낡은 한숨이 바닥으로 길게 내리깔리고 있었다.

"왜, 그런 노래도 있잖아요. 사랑하는 사람이 찾아주길 바라서 가수가 되었다는 노래. 자기 노래 듣고 TV나 인터넷에서 보고 연락해 주길 바랐다는 그런 노래요."

"알 것 같아요."

"그래서 스타가 되고 싶어요. 뭐가 됐든 TV에 나가면 엄마가 날 알아봐 줄 거거든요. 날 버리고 도망친 엄마지만…… 내가 아주 잘나가는 연예인이 되면…… 그럼 분명히 연락해 올 거거든요."

다슬이 도톰한 입술을 앙다물고 고개를 떨어뜨렸다.

숨을 훅 들이켜는 그녀의 두 눈 가득 뜨거운 눈물이 고여 있었다.

"미안요. 오늘 쪼끔 힘들었나 봐. 왜 이러지."

재건이 티슈를 뜯어 건넸다.

다슬은 티슈를 받아 젖은 양쪽 눈가를 톡톡 두드렸다.

"사실 오늘 진상 만나서 너무 피곤했어요. 짜증 나서 뛰쳐나왔는데 핸드폰 보니까 오빠한테 메시지가 와 있는 거예요. 그래서 바로 답했죠."

"……네."

"조금만 이러고 있을게요."

다슬이 다시금 재건의 어깨에 머리를 기댔다.

숙연해진 재건의 두 눈은 천장을 훑고 있었다.

어깨가 무거웠다.

다슬이 머리를 기대와서가 아니었다. 그녀가 토해낸 사연의 무게 때문이었다.

'절대로…… 한낱 흥밋거리로 끝나는 글은 되지 않을 겁니다. 약속할게요.'

재건의 머릿속에서 소설의 목적이 또 하나 추가되었다.

기필코 그녀의 마음을 보듬어줄 수 있을 만큼 좋은 소설을 써내리라. 시끄러운 술집 한구석에서 재건은 자신의 잔에 조용히 술을 따르고 있었다.

12장
질풍노도처럼 가라

게임 회사 넥션의 모바일 기획 팀 사무실.

회의를 끝내고 난 직원들은 하나같이 침울한 얼굴들을 하고 있었다. 팀장 수희도 마찬가지였다. 온몸이 껍데기만 남은 채 텅 비어버린 듯한 기분이었다.

"힘내세요, 팀장님."

"난 아무렇지도 않아. 혜미 씨가 고생 많았지. 나 잠깐 화장실 좀."

사무실을 빠져나온 수희가 향한 곳은 화장실이 아니라 옥상이었다. 직원들이 쉴 수 있는 공원이 조성되어 있었지만 날이 쌀쌀한 탓에 인적은 보이지 않았다.

"후우……."

자판기에서 커피를 뽑으며 수희는 한숨부터 내쉬었다.

개발하고 있던 게임이 또 엎어질 위기였다. 잘 만들던 게임의 개발이 중단되는 일은 모바일 팀에서는 더욱 흔했다. 언제나 느껴지는 상실감이 이번에는 유독 컸다.

'재건이 시나리오 좋았는데…….'

재건이 열과 성을 다해서 작성한 시나리오가 이대로 사장될 것을 생각하니 마음이 좋지 않았다.

수희는 손에 쥔 핸드폰을 가슴 위로 들어 올렸다. 손가락은 전화부에서 하재건의 이름을 찾아 통화 아이콘을 누르고 있었다.

–어, 수희야.

"금방 받네. 글 쓰고 있었니?"

–아니, 지금 글 쓰는 건 아니고 잠깐 밖에 나왔어.

"그렇구나."

핸드폰을 통해 시끄러운 음악과 노랫소리가 뒤섞여 들려오고 있었다. 수희는 고개를 갸웃거리며 물었다.

"어디야? 노래방?"

–어? 어. 노래방이야. 잠깐 일이 있어서.

"웃겨, 노래방에 가서 노래 부르는 거 말고 무슨 일이 있다고. 정진이랑 간 거야?"

–아니, 정진이는 아니고. 다른 사람.

"그래, 아무튼 너 나 대체 언제 밥 사줄 건데? 디지털문학상 축하해 줘서 고맙다고 맛있는 거 사주기로 약속해 놓고선."

수희가 짐짓 토라진 듯이 말했다.

끄응 하는 신음과 함께 재건이 느릿한 어조로 대꾸했다.

ㅡ아아, 그래. 그래야지. 그래, 언제가 좋을까.

머뭇거리는 듯한 말투가 수희에게 실망을 안겨주었다.

내심 오늘 만나자는 말을 기대하고 있었는데.

수희는 섭섭해서 입술을 살짝 깨물었다.

바로 그때였다.

ㅡ오빠, 우리 맥주 하나씩만 더 마시자.

ㅡ잠깐, 잠깐만. 통화 좀 하고요.

수희의 두 눈이 이채를 발했다.

분명히 여자의 목소리가 들렸다.

그리고 재건은 틀림없이 거기에 대고 대답했다. 다른 손님이 아니라 동석한 여자라는 의미가 된다.

ㅡ여보세요, 수희야?

"응, 말해. 듣고 있어."

ㅡ오늘은 좀 어렵겠다. 혹시 내일은 어때?

"내일? 음…… 글쎄, 내가 요즘 정신이 없어서. 내일 약속이 있었는지 기억이 가물가물하네. 사무실 들어가서 확인해 봐야겠어."

자존심 탓에 무심코 거짓말이 나왔다.

사실 수희는 오늘은 물론이고 내일도 특별한 약속이 없었다.

—그럼 확인하고 연락 줘.

“알았어, 끊을게.”

전화를 끊고 난 수희는 벤치에 털썩 주저앉았다.

가슴 위로 손을 얹으니 빠르게 뛰는 박동이 느껴졌다. 벌어진 입술 틈에서는 흐트러진 숨결이 끊임없이 새어 나왔다.

‘그냥 아는 동생일 거야.’

스스로를 납득시키기 위해 속으로 말을 되뇌면서도 도무지 진정이 되지 않았다.

수희는 핸드폰을 들어 사진 폴더를 클릭했다.

비밀번호를 입력하고 나자 바로 첫 번째 사진이 떴다.

대학 시절의 자신과 재건이 나란히 서서 풋풋하게 웃고 있었다.

BIG LIFE

‘하아, 이게 또 발목을 잡네.’

도심 빌딩가의 아케이드 한곳에 자리한 카페.

재건은 핸드폰으로 자신이 쓴 소설을 읽으며 거듭 한숨을 내쉬었다.

'여자 주인공의 대화 문장이 너무 구려. 감성을 묘사하는 장면들도 죄다 걸리고. 이건 그냥 성별만 여자지, 하는 행동은 완전 남자잖아.'

재건 혼자만의 생각이 아니었다. 엇그제 존경하는 한혜선 교수도 비슷한 취지의 감상을 보내왔던 것이다.

여자 주인공의 행동 양식이 투박해서 제대로 몰입이 되지 않는다는 것이 초고를 읽고 난 교수의 감상이었다.

'리카, 어떡하지? 네 힘이 필요해.'

재건은 신비로운 빛을 띤 리카의 두 눈을 떠올렸다.

'소미 씨의 감성을 공유하게 해줬던 그 힘이 필요해. 어떡하지? 소미 씨를 집으로 오라고 할 수도 없고. 그렇다고 내가 널 데리고 스타북스 편집부로 찾아가서 소미 씨 옆에 딱 붙어 글을 쓴다는 건 더더욱 말이 안 되잖아. 스타북스에서 계약한 판타지를 쓰는 것도 아닌데.'

재건이 얼굴을 수그리고 머리를 뒤헝클었다.

심각한 위기였다.

여자의 감성이 이다지도 절실하게 필요해질 줄이야.

"머리가 사진보다 짧지 않아?"

근처 테이블의 두 여자가 재건을 힐끔힐끔 쳐다보며 소곤거리고 있었다. 재건은 시름에 잠겨서 자신을 향한 시선을 전혀 느끼지 못하는 중이었다.

“머리야 잘랐겠지. 맞는 거 같은데. 이 사진으로 봐봐, 똑같이 생겼잖아.”

“혹시 그냥 비슷한 사람이면 어떡해.”

“이제 와서 왜 그래? 가위바위보 지니깐 딴소리래. 빨리 갔다 와, 빨리.”

급기야 둘 중 한 젊은 여자가 핸드폰을 들고서 조심스럽게 다가왔다. 그녀는 재건의 테이블 끝을 손가락으로 가볍게 두드리며 말을 걸었다.

“……저기요.”

“네?”

재건이 화들짝 고개를 들었다.

처음 보는 낯선 여자가 수줍은 듯 얼굴을 붉힌 채 코앞에 서 있었다.

“무슨 일이시죠?”

“정말 죄송한데요. 혹시…… 맞으신가 해서요.”

그렇게 말하며 여자가 핸드폰을 들이밀었다.

재건의 시선이 화면으로 향했다.

포털 사이트 네이빈의 책 카테고리에 올라온 ‘오늘의 책’ 코너였다.

멍청한 여자를 쓴 작가 하재건의 인터뷰 게시물이 핸드폰

화면 가득 떠올라 있었다.

"아아……. 네."

"마, 맞으세요?"

"네, 접니다."

재건이 대답하자마자 여자는 감격한 듯 두 손으로 얼굴을 가렸다. 뒤이어 돌아서더니 테이블의 친구에게 손짓을 보냈다.

"하재건 작가님 맞아."

두 여자가 나란히 재건 앞에 섰다.

추측이 사실로 확인되고 나자 그들은 앞을 다투어 속사포처럼 말을 뱉어내기 시작했다.

"긴가민가했는데 정말 작가님이셨네요. 아, 대박. 너무 좋아요."

"인터뷰 보자마자 멍청한 여자 바로 구입해서 읽었어요. 얼마나 울었는지 몰라요. 지금은 전자책으로 90년대 소년 읽고 있는데 이것도 꿀잼이에요."

"고양이는 키우신 지 얼마나 됐어요? 러시안 블루죠? 저도 러시안 블루 키우거든요. 저도 암고양이요."

"아, 책 가져올걸. 두고 나왔네. 사인받아야 하는데."

발을 동동 구르던 여자가 핸드폰을 꺼내 들더니 간곡한 표정으로 재건에게 부탁했다.

“정말 죄송한데 사진 한 장만 같이 찍어주시면 안 돼요?”

“아, 네…… 뭐.”

재건의 허락이 떨어지기가 무섭게 여자는 근처를 지나가던 아르바이트생을 붙잡고 핸드폰을 내밀었다.

“죄송하지만 사진 한 번만 찍어주시겠어요?”

“네, 주세요.”

두 여자가 재건의 양옆으로 와 무릎을 굽히고 쪼그려 앉았다. 소녀처럼 한 명은 제 입을 가리고, 또 한 명은 두 손으로 V자를 그린 포즈를 취했다.

아르바이트생이 핸드폰의 플래시를 터뜨렸다.

“저 작가님 트위터도 팔로했어요. 달래봉봉이예요. 저 맞팔 좀 해주시면 진짜 기분 좋을 거 같아요.”

“아아…… 네.”

재건이 고개를 주억거리며 대답했다.

그러고 보니 네이빈과 인터뷰를 하면서 트위터 주소를 일러주었었다. 만든 지는 꽤 됐지만 제대로 사용한 적은 거의 없어서 잊고 살았던 건데.

“알겠습니다. 접속하는 대로 해드릴게요.”

“꺅, 너무 좋아! 정말 감사합니다. 사진도 트윗할게요!”

주변 손님들 몇몇이 이쪽을 힐끔거리고 있었다.

재건이 대체 누구이기에 저토록 난리들이냐는 얼굴들이

었다.

기쁘기도 했지만 재건은 민망했다. 얼떨떨하기만 한 기분이었다. 처음 보는 누군가가 밖에서 자신을 알아봐 주었다는 사실이 도통 믿어지질 않을 뿐이었다.

'네이빈 파워가 대단하긴 한가 보네. 내 얼굴을 알아보는 사람이 다 생기고.'

바로 그때였다.

"저도 사인 좀 해주세요, 하재건 작가님."

나를 알아본 사람이 또 있었던가.

황망히 뒤를 돌아본 재건의 얼굴에 환한 웃음이 번졌다.

수희였다.

재건을 향해 내민 두 손은 멍청한 여자를 꼭 붙잡고 있었다.

"뭐해? 어서 해주지 않고."

수희가 두 손을 위아래로 흔들며 채근했다.

재건은 멍청한 여자를 받아 들고 펜을 꺼내 손에 쥐었다.

새하얀 여백에 일필휘지로 사인이 새겨졌다. 난생처음으로 누군가에게 해주는 사인이었다. 흐트러진 사인의 곡선은 자신감이 조금 부족해 보였다.

"여친인가 봐. 디게 이쁘다."

"우린 그만 가자. 작가님, 반가웠어요."

"네, 네. 안녕히 가세요."

두 여자가 카페를 나섰다.

전면 유리창 너머로 보이는 그들은 아직도 재건과 함께 찍은 사진을 들여다보며 신이 나서 재잘거리기에 여념이 없었다.

"오~ 하재건~ 유명 작가 다 됐네."

맞은편 의자를 빼고 앉으며 수희가 농담조로 말했다.

"이제 모자 푹 눌러쓰고 다녀야 되는 거 아니니? 모자만으로 되겠어? 마스크도 써야지."

"놀리지 마. 그 정도는 아냐. 이건 우연히 저 사람들이 눈썰미가 좋아서 알아본 거고."

사인을 끝낸 재건이 고개를 들며 대답했다.

아름다운 수희의 모습에 절로 웃음이 나오려고 했다.

베이지색의 브이넥 블라우스에 회색 모직 스커트가 가을의 향취와 몹시도 잘 어울렸다. 하마터면 참 예쁘다는 말이 입 밖으로 튀어나올 뻔했다.

"여기."

"고마워."

책을 받아 든 수희가 사인을 확인했다.

그녀가 보기에도 어딘지 모르게 어설픈 느낌의 사인이었다. 그 밑으로 한 줄의 글귀가 적혀 있었다.

하재건 생애 최초의 사인을 이수희에게 드림.

"후훗, 영예롭네."

붉은 틴트로 촉촉한 빛을 띤 수희의 입술이 한 줄기 미소를 머금고 있었다.

"잘 간직할게. 너무 빨리 읽어서 아깝다. 아껴서 볼걸. 90년대 소년도 벌써 다 읽었거든."

"조금만 기다려. 조만간 또 장편 하나 완성된다."

"정말? 벌써?"

웃음이 사라진 수희의 얼굴에 놀라움이 가득히 어렸다.

멍청한 여자와 90년대 소년으로 수상한 지 얼마 지나지도 않았는데 벌써 새로운 장편이라니. 심지어 판타지 소설도 계속해서 출간되고 있는데.

재건의 하루 24시간이 어떻게 흘러가는지 들여다보고 싶은 심정이었다.

"분량이 얼마나 돼?"

"16만 자로 초고 끝냈어. 아직 손 볼 데 많지만."

"재건이 너, 대체 하루에 몇 시간을 쓰는 거니?"

"시간으로 물어보면 잘 모르겠다. 최근엔 먹고 자는 시간 외엔 계속 글만 쓰고 살았던 것 같아."

"대단하다, 정말……."

수희가 고개를 내저으며 중얼거렸다.

감탄스러운 마음보다 근심이 앞섰다. 글쓰기보다 중요한 것이 건강이다. 몸이 상하면 글도 쓸 수 없게 된다. 새삼스레 재건의 얼굴이 예전보다 야위어 보였다.

"아, 미안. 너도 뭐 마셔야지? 내가 주문할게."

일어서려는 재건을 수희가 뜯어말렸다.

"괜찮아, 커피는 회사에서도 실컷 마셔. 밥 먹으러 나가자. 나 배고파."

"알았어, 뭐 먹고 싶어? 뭐든지 좋으니까 다 말해."

"뭐든지?"

"어, 뭐든지."

재건이 가슴을 젖히며 목소리에 힘을 주어 대답했다.

킹크랩이든 초밥이든 스테이크든, 과거에는 엄두도 내지 못했던 비싼 거라도 이제는 얼마든지 사줄 수 있었다.

"좋아, 가자."

수희가 먼저 가방을 어깨에 메고 일어섰다. 가늘게 뜬 그녀의 두 눈에서 짓궂은 미소가 엿보였다.

"남아일언 중천금, 후회하지 않는 거다?"

"당연하지. 안내해."

재건은 자신만만하게 대답하고 수희와 함께 카페를 나섰다.

"우리 회사 빌딩 지하에 새로 생긴 가게야. 가까워."

"뭐 파는 덴데?"

"가 보면 알아."

수희를 따라 도착한 곳은 매운 쪽갈비를 주요 메뉴로 내세운 퓨전 주점이었다. 출입문을 통과하기도 전부터 재건의 안색은 창백해졌다.

'또 매운 거라니.'

스스로 매운 음식을 특별히 못 먹는 쪽은 아니라고 생각하고 있었었다. 하지만 잘 먹는 쪽 또한 아니었다.

얼마 전에 다슬과 함께 먹었던 찜닭도 보통 매웠던 게 아니어서 아주 곤욕을 치렀다.

"어서 오세요. 두 분이시죠? 이쪽으로 앉으세요."

아르바이트생이 싹싹한 태도로 안내했다.

재건과 수희는 한쪽의 테이블에 의자를 빼고 마주 앉았다.

"치즈 쪽갈비 2인분 주세요. 아, 술 마실 수 있니?"

"난 괜찮아."

재건이 즉각 대답했다.

차를 가져오지 않았으니 술이야 아무래도 상관없었다.

다른 사람도 아니고 수희와의 자리다.

글을 핑계로 술을 마다해서 분위기를 흐리게 만들고 싶지는 않았다.

"저희 소주도 한 병 주세요. 이슬로요."

"네, 손님."

주문한 음식은 금세 나왔다.

보기만 해도 매운 붉은 빛깔의 쪽갈비 위에서 치즈가 부글부글 끓고 있었다.

수희가 접시에 재건의 몫을 덜어주었다.

"먹어봐."

"고마워."

재건은 비닐장갑을 낀 손으로 쪽갈비를 잡고 한입 베어 물었다. 처음에는 괜찮다 싶더니만, 10초가 채 지나기도 전에 얼굴이 새빨갛게 달아올랐다.

'끄억……! 이거 장난 아니네!'

다슬과 먹었던 찜닭의 두 배 이상이었다.

땡땡 부어버린 혓바닥이 가만히 있질 못하고 입안에서 발작을 일으키고 있었다.

"그렇게 매워? 치즈를 같이 먹어."

수희가 치즈를 숟가락 가득 떠서 덜어주었다.

재건은 정신없이 치즈를 입안에 퍼 넣었다.

어쩔 줄을 몰라 하는 그를 보며 수희는 재미있다는 듯이 쿡쿡거렸다.

"여전히 잘 못 먹는구나, 매운 거."

"여기가 특히 매운 거 아니야?"

"너 대학 때부터 매운 거 잘 못 먹었어. 학교 앞 분식집에서 나랑 떡볶이 먹다가 울던 거 기억 안 나?"

"거기도 엄청 매웠던 거고. 아니, 다 떠나서 네가 매운 걸 엄청 잘 먹는 거야. 이건 와…… 내가 졌다, 졌어."

"후후후."

수희가 술병의 뚜껑을 따고는 재건에게 내밀었다.

잔을 받은 재건은 바로 역할을 교대해 마찬가지로 술을 따라 주었다. 두 사람의 술잔이 허공에서 맞부딪쳤다.

"캬아, 좋다. 매우니까 더 잘 들어가. 이건 소주 없이는 먹을 수가 없겠다."

"나한테도 매워. 그런데 몇 번 직원들이랑 와서 먹어보니까 중독되더라."

"그래, 매워도 맛은 좋다."

한동안 소소한 이야깃거리들이 두 사람 사이를 오갔다.

세상 이야기, 동기 이야기, 그리고 여전히 기억 속에 선명한 대학 시절의 이야기…….

재건과 수희의 얼굴은 번갈아 가며 웃음꽃을 피우기 바빴다.

"여기요, 소주 한 병만 더 주세요."

재건이 두 병째 소주의 뚜껑을 따며 수희의 기색을 힐끔 살폈다. 양 뺨이 살짝 발그레하게 물들었을 뿐 눈빛과 표정은 평소처럼 또렷했다.

시선을 느낀 수희가 제 뺨에 손등을 대면서 물었다.

"왜 그렇게 봐? 내 얼굴 많이 빨개?"

"아니, 그냥. 여전히 술이 센 거 같아서."

"뭐야? 너 또 1학년 엠티 때 생각하고 있었지?"

수희가 짐짓 눈을 흘겼다.

속을 들킨 재건은 쿡쿡 웃으며 대답을 대신했다.

1학년 첫 엠티 때의 일이었다.

몇몇 여자 선배가 수희에게 말도 안 되는 억지를 부리며 거듭 술을 권한 적이 있었다. 콧대 높고 도도한 수희의 기를 꺾으려던 것이 그들의 목적이었다.

그러나 수희는 무너지지 않았다.

무려 10명에 가까운 선배와 차례차례 대작했고 끝까지 버텼다.

결국 만취해서 나자빠진 건 전부 선배였다.

그때 이미 재건은 알고 있었다.

수희도 남들과 별다르지 않은 평범한 주량의 소유자였다. 단지 굽힐 수 없는 자존심 하나 때문에 물러서지 못했던 것뿐이었다. 당시 느꼈던 안쓰러운 감정은 지금도 재건의 가슴에 생생하게 남아 있었다.

그래서 재건은 아무도 몰래 수희를 도왔다.

선배와 동기들의 눈을 피해 기회가 될 때마다 수희의 술을 물과 희석시켰던 것이다.

수희 본인은 물론이고 가장 친한 정진조차 모르는 재건 혼자만의 비밀이었다.

“무슨 생각을 그렇게 해? 나 잔 비었어.”

“천천히 마셔. 그러다 취한다.”

재건이 따라 주는 술을 받으며 수희는 피식 웃었다.

“웃겨. 말 나왔으니까 하는 얘기지만 나 술 엄청 센 거 너도 알지? 내가 혼자 선배 10명을 올킬했는데.”

“올킬이란다. 누가 게임 회사 팀장 아니랄까 봐 어휘 사용도 신박해요.”

불현듯 웃음 끝에 수희가 가느다란 한숨을 내뱉았다.

주점의 조명으로도 어쩌지 못할 그늘마저 낯 위에 드리워지고 있었다.

“왜 그래?”

“응? 아냐, 아무것도.”

수희가 손을 내저으며 대답했다.

재건 때문에 회사의 업무가 떠오른 참이었다. 개발 중인 게임이 엎어질 위기에 직면했다는 사실을 지금 이 자리에서 알리고 싶지는 않았다.

“맞다, 아까 새로 장편 하나 쓰고 있다고 했잖아.”

수희가 손뼉을 가볍게 치며 화제를 바꿨다.

"이번 건 어떤 내용이야?"

"아, 음…… 기본 골격은 남녀의 연애인데. 쓰다 보니 좀 많은 게 담겼어. 사회성이라든가 현대인의 고독이라든가 그런 것들."

재건이 잔을 들어 소주를 마셨다.

씁쓸해진 표정으로 젓가락을 들면서 그는 하던 말을 계속했다.

"아까도 말했지만 초고는 끝냈는데, 문제가 많아. 여주인공의 감성이나 행동을 묘사한 게 너무 어색해. 그냥 남자가 행동하는 것 같아."

"멍청한 여자에서는 여주인공 잘 표현했잖아?"

"그건 아무래도 우리 누나가 모델이니까. 어릴 때부터 봐 온 가족이라 감정이입이 잘됐던 거 같아. 이번엔 다르더라."

그러나 수희는 쉽게 납득하지 못하는 눈치였다.

"우리 회사에서 쓴 게임 퀘스트는? 여자 캐릭터들 엄청 잘 조형했잖아. 난 그거 보고 네가 여자들 감정을 참 잘 파악하고 있구나 하고 생각하면서 엄청 놀랐었어."

"아, 그건 음……."

소미의 감성을 이어받아 쓸 수 있었던 거라고 말할 수 있을 턱이 없었다.

그래서 재건은 짐짓 미간을 좁히며 엄살 섞인 어조로 말을 돌렸다.

"아무튼 힘드네. 정말 매일 먹고 자는 시간 빼고는 글만 쓰는데, 그래도 안 풀린다."

"거짓말."

술기운 탓일까.

생각만 하고 있던 한마디 말이 수희 본인도 예기치 못한 순간에 입 밖으로 튀어나왔다.

"뭐가?"

재건이 두 눈을 동그랗게 뜨고 되물었다.

수희는 떨떠름한 표정으로 어깨를 으쓱해 보이고는 태연한 듯이 대답했다.

"엊그제 나랑 통화할 땐 노래방에 있었잖아. 잘 놀러 다니면서 사는 것 같던데 뭘."

"아, 그건…… 그게 아니고……."

재건이 시선을 딴 곳으로 던지며 대답을 머뭇거렸다.

수희는 자신의 짐작이 맞음을 확신하고는 술 한 잔을 쭉 들이켰다. 표정은 애써 담담하게 유지하고 있었지만 울컥한 속은 불판 위의 치즈처럼 부글부글 끓는 중이었다.

'여자 만났다고 쿨하게 말하면 되지. 하재건, 너 왜 그러니? 스물일곱씩이나 먹어 놓고. 누가 잡아먹기라도 한대?'

수희가 손을 뻗어 술병을 잡았다.

재건은 스스로 술을 따르려는 그녀의 손으로부터 술병을 빼앗아 들었다.

"자작하지 마. 그리고 천천히 마셔."

"술 세니까 걱정 마."

투명한 잔 가득히 술이 차올랐다.

술잔을 입으로 가져가는 수희를 바라보며 재건이 말했다.

"사실은 노래방 도우미 만나러 간 거였어."

수희가 술잔을 입술에 댄 채로 굳었다.

만약 입에 들어갔다면 술을 살짝 흘렸을지도 모를 만큼 놀랐다. 핏기마저 사라지려는 그녀의 얼굴에 대고 재건은 다급히 덧붙였다.

"오해하지 마, 소설에 쓸 정보가 필요해서 취재한 거야."

"취…… 재……?"

"지금 쓰는 장편 여주인공이 노래방 도우미야. 그런데 내가 도우미에 대해서 아는 게 있어야지. 그래서 직접 부딪친 거야. 다른 방법이 없잖아."

수희의 의구심은 쉬이 사라지지 않았다.

취재 때문에 노래방 도우미를 만났다는 말을 믿지 못하는 건 아니었다. 옛날부터 재건은 직접 몸으로 뛰면서 글에 필요한 정보를 구하곤 했으니까.

'정말 취재만으로 끝났니? 통화 때 얼핏 들은 목소리는 되게 친해 보이던데. 오빠오빠 하면서.'

차마 물어볼 수 없는 말이 입안에서만 맴돌고 있었다.

어쨌든 더 질문할 명분이 없었다.

혼자만 마음을 쓰는 것 같아 분한 기분이 든 수희는 비아냥거리듯이 중얼거렸다.

"엄청 읽어보고 싶네, 그 소설."

"내가 지금 쓰는 거 말이야?"

"그럼 누구 소설이겠니? 온몸으로 최선을 다해서 쓴 소설이니 얼마나 재미있을까. 당장 읽어보고 싶은데 그러질 못하니 안타까워."

술집은 시끄러웠고 천장의 조명은 어두운 편이었다.

덕분에 재건은 수희가 비아냥거릴 목적으로 이런 말을 했다는 사실을 미처 깨닫지 못하고 진심으로 받아들였다.

"우리 집 갈래?"

"……어?"

"당장 읽어보고 싶다면서? 핸드폰에는 결말 부분밖에 없거든. 네가 그 매의 눈으로 읽어준다면 감동이지. 바쁠까 봐 부탁 못 하고 있었는데."

수희는 당황한 나머지 지금까지 속상했던 기분마저 잊고 입을 떡하니 벌렸다. 어쩌다 대화가 이렇게 흘러가게 된 거지?

"이제 8시 좀 넘었네. 어차피 2차로 맥주 마실 텐데 내 방 가서 글 읽으면서 마시자. 갈 때 데려다줄게. 콜?"

"어, 어……? 괜찮긴 하지만……."

"다 먹었으니까 그럼 지금 나가자. 계산할게."

재건이 계산서를 들고 기운차게 계산대로 향했다.

보이는 모습 그대로 그는 신이 나 있었다. 누군가 자신의 글을 읽고 싶다고 말해주는 건 작가로서 더없이 기쁜 일이다. 심지어 독자가 똑똑한 동기 수희라니 두말할 나위도 없었다.

"차 두고 왔지? 택시 타자."

"어, 응……."

두 사람은 나란히 택시의 뒷좌석에 올라탔다.

차창 밖으로 밤의 풍경이 빠르게 지나갔다.

창으로 시선을 고정시킨 수희는 콩닥콩닥 뛰는 가슴을 주체하지 못하고 있었다.

'그냥 지나가듯이 권한 건 아니었어. 그래도 너무 순순히 따라왔나? 날 이상하게 생각하지는 않겠지?'

설레면서도 한편으로는 걱정스러웠다.

낮에 가 본 적은 있지만 이렇게 늦은 밤에, 그것도 술을 마신 상태로 남자 혼자 사는 방에 가게 되다니.

상대가 재건이라고 해도 신경이 쓰일 수밖에 없는 수희였다. 조바심 가득한 그녀의 마음과는 별개로 택시는 쉬지 않고 달리고 있었다.

“고맙습니다, 여기요.”

택시가 집 앞에 도착하고 재건과 수희가 내려섰다.

재건이 한발 먼저 올라가 현관문을 열었다. 늘어지게 자고 있던 리카가 꼬리를 올리며 다가왔다.

“잘 쉬고 있었어? 오늘 수희도 같이 왔다.”

“리카, 안녕. 언니 기억나지?”

재건의 등 뒤로 나타난 수희가 손을 흔들며 인사를 건넸다.

리카는 수희를 꺼리는 기색은 아니었지만 그렇다고 특별히 반기는 눈치도 아니었다.

천천히 몸을 돌리더니 캣타워 쪽으로 느긋하게 멀어져 갔다.

“나 싫어하나 봐.”

“저 정도면 좋아하는 거야. 원래 콧대가 높아서. 들어와.”

“응.”

수희가 구두를 벗고 안으로 들어섰다.

뒤따라 문을 닫고 들어온 재건은 부랴부랴 노트북부터 켰다. 화면에 소설의 초고를 띄운 다음 그는 다시 신발을 신었다.

"맥주랑 씹을 것 좀 사올 테니까 읽고 있어."

"편의점이 근처에 있어?"

"편의점은 없어도 슈퍼 작은 거 하나 있어. 갔다 올게."

"알았어, 다녀와."

재건이 나가고 수희와 리카 둘만 남았다.

노트북 앞 의자에 앉으며 수희는 리카에게 넌지시 말을 건넸다.

"우리 리카 종일 심심하겠다. 네 오빠 글밖에 모르는 사람이고. 놀아주지도 않지?"

수희가 노트북 화면으로 시선을 옮겼다.

재건의 장편소설이 화면을 가득 채우고 있었다. 어깨에서 가방을 풀어 내리며 그녀는 첫 문장부터 글을 읽기 시작했다.

"훗, 뭐야? 이거 남주 완전 박정진이랑 빼닮았는데?"

도입부부터 몰입도가 상당했다.

수희는 몇 페이지를 넘기기도 전에 소설에 빠져들었다.

술을 꽤나 마신 데다 따뜻한 방으로 들어온 참이라 피곤하기도 했지만 흥미로운 전개가 눈을 떼지 못하게 만들고 있었다.

"어때?"

50쪽가량을 읽었을 무렵, 재건이 커다란 비닐봉지를 들고 돌아왔다. 웃는 얼굴로 돌아보며 수희가 대답했다.

"지금 둘이 만나는 부분까지 봤는데 재밌다."

"진짜?"

"어, 근데……."

수희가 잠깐 뜸을 들인 다음 조심스레 말을 이었다.

"너한테 아까 그런 말을 들어서 더 그렇게 느껴지는지 모르겠지만 여주가 확실히 좀 투박하게 느껴지긴 해. 여자로서 읽을 때 공감이 잘 안 되는 부분이 더러 있어."

"크으…… 역시 그런가."

재건이 탄식하듯 중얼거리며 바닥에 주저앉았다.

한혜선 교수에 이어 수희까지 같은 부분을 지적하고 있었다. 피할 수 없는 문제가 더욱이 확실해진 것이다.

"마음 편하게 갖고 잘 퇴고해 봐. 잘 쓰잖아."

"고맙다. 그래야 하는데, 후……."

재건은 바닥이 꺼지도록 무거운 한숨을 내쉬었다.

수희의 격려는 고마웠지만 솔직히 제대로 위안은 되어주지 못했다.

'저거 봐, 리카. 나 초대해 놓고 또 글만 생각하고 있어. 내 말 맞지? 네 오빠 소설밖에 관심이 없다니까.'

수희는 속으로 툴툴거리며 재건이 사온 캔맥주 하나를 집었다. 예의상 하나쯤은 마시고 돌아갈 생각이었다.

'괜히 왔나 봐.'

재건은 소설에만 온 정신이 쏠려 있는 듯했다.

자신의 존재가 방해만 될 뿐이라는 생각이 문득 들었다.

수희는 맥주의 뚜껑을 따면서 캣타워 쪽을 돌아보았다. 리카가 그녀에게 등을 보인 채 캣타워 꼭대기에 누워 있었다.

'나한테는 전혀 관심이 없는 걸까?'

대답을 들을 수 없는 질문과 함께 한 모금의 맥주가 수희의 목구멍 너머로 흘러들고 있었다.

바로 그 순간.

죽은 듯이 누워 있던 리카가 슬며시 머리를 치켜들었다.

찰나의 섬광을 발하고 본래대로 되돌아온 리카의 두 눈 속에 재건과 수희가 아로새겨져 있었다.

동공 위에 비친 두 사람의 모습은 짧은 사이에 더욱 명확해졌다.

'어? 이, 이건?!'

암담한 기분으로 두 어깨를 늘어뜨리고 있던 재건이 화들짝 고개를 들었다. 한껏 부릅뜬 눈으로는 리카와 수희를 번갈아 바라보고 있었다.

"재건아, 왜 그래? 머리 아파?"

"자, 잠깐만."

재건은 이마를 싸매고서 비틀비틀 노트북 앞으로 가 의자에 앉았다. 두 눈으로는 캣타워 위의 리카를 뚫어져라 바라보고 있었다.

'연결된 거야? 이거 수희 맞지?'

자신을 바라보는 리카의 얼굴이 어쩐지 웃고 있는 것처럼 보였다. 덩달아 재건의 입가에도 환한 웃음이 번졌다.

"수희야, 나 부탁이 있는데."

"부탁?"

"자연스럽게 여주를 표현할 방법이 떠올랐어. 두 시간만, 아니, 한 시간만 기다려 줘. 그럼 내가 후다닥 퇴고 끝내고 다시 보여줄게."

"그러지 말고 집중해서 써. 난 이만 갈 테니까."

"안 돼!"

재건의 목소리가 자기도 모르게 높아졌다.

그는 튕기듯이 일어나 수희의 양어깨를 붙잡으며 간곡한 어조로 말을 이었다.

"네가 같이 있어줘야 돼."

"내가…… 왜?"

"너를 보니까 떠오른 거야. 여주를 어떻게 표현해야 할지 너를 봐서 떠오른 거라고. 그러니까 좀만 더 있어줘. 같이 있어주는 것만으로도 큰 도움이 돼, 진짜로."

확신으로 빛나는 재건의 표정은 사뭇 비장하기까지 했다.

수희는 양어깨를 붙잡힌 채 홀린 듯한 얼굴로 그를 마주

보고 있었다.

"내가……."

가까스로 열린 수희의 입에서 달뜬 숨결이 흘러나왔다.

"내가 그냥…… 옆에만 있어줘도 도움이 된다는 거야?"

"그래, 날 통조림 해줘."

수희의 어깨를 잡은 재건의 두 손에 더욱 힘이 들어갔다.

수희는 천천히 두 눈을 내리깔았다.

서로 마주하고 있는 발등을 내려다보며 그녀가 천천히 고개를 끄덕였다.

"알았어."

수희의 대답과 동시에 재건의 얼굴 가득 환한 웃음이 퍼졌다.

"2시간 정도까지는 괜찮아."

"고마워. 편하게 있어. TV 봐도 되고, 저기 새 노트북 있지? 저걸로 인터넷 하고 있어도 돼."

"알아서 할게. 얼른 글이나 보세요."

수희가 재건을 노트북 쪽으로 떠밀었다.

의자에 앉은 재건은 서랍을 열고 서건우의 뿔테 안경을 꺼내 썼다. 그리고 리카를 돌아보며 각오를 다졌다.

'고작 2시간이야! 가진 능력을 총동원해야 돼! 수희가 있는 사이에 모든 장면의 여주를 체크한다! 시작!'

타다다닥! 타닥!

키보드 위에서 열 손가락이 춤을 추기 시작했다.

수희로부터 추출한 감성이 소설의 여자 주인공에게로 모조리 옮겨지고 있었다.

리카를 통해 공유하고 있는 수희의 감성은 촉촉했다.

비가 내리는 회색빛의 오후.

만나고 싶은 누군가를 기다리며 바삐 움직이는 여자의 눈빛이 그려지는 감성.

적당히 애틋하면서도 설렘이 동반된 감각은 소설의 분위기와도 제대로 맞아떨어졌다.

수희의 힘을 받은 재건은 자신이 만들어낸 소설 속의 세계에 완전히 빠져들고 있었다.

'리카, 이건 조금은 좋게 생각해도 되는 거겠지?'

다리를 모로 고쳐 앉으며 수희는 배시시 웃었다.

내심 뿌듯한 마음을 그대로 드러낸 시선은 재건의 등에 머물러 떠날 줄을 모르고 있었다.

BIG LIFE

얼마나 시간이 흘렀을까.

'으응……?'

파르르 떨리던 수희의 두 눈꺼풀이 천천히 올라갔다.

불이 켜진 방 안은 여전히 환했다. 수희는 퍼뜩 정신을 차리고 모로 누워 있던 몸을 일으켰다.

'내 정신 좀 봐.'

핸드폰을 보니 새벽 2시가 넘어가고 있었다.

바닥이 따뜻해서 무심코 잠이 들었던 모양이었다. 최근 들어 계속된 고된 업무에 술기운도 한몫을 한 결과였다.

수희는 흐트러진 모습을 보이지 않았을까 걱정하며 재건 쪽을 돌아보았다.

재건은 두 팔에 얼굴을 묻고 엎드린 채 죽은 사람처럼 미동조차 없었다. 글을 쓰던 자세 그대로 잠이 들어버린 모양이었다.

"재건아, 침대에서 자."

"으음……."

"일어나 봐. 침대에서 자, 어서."

수희가 뒤에서 재건의 양팔 아래를 잡아 일으켰다.

흐느적거리며 일어선 재건은 여전히 정신을 차리지 못하고 있었다. 위태롭게 한두 걸음을 겨우 옮긴 끝에 침대 위로 벌러덩 나자빠졌다.

'많이 피곤했나 보네. 하긴, 술도 마셨으니.'

사실 재건이 지쳐 쓰러진 이유는 술 때문만이 아니었다.

리카를 통해 감성을 공유하는 행위가 그의 기력을 극심하게 소모시켰다. 서건우의 머그잔으로 커피를 마실 틈조차 없이 쓰러져 버리고 말았던 것이다.

'좀 치워주고 가야지.'

수희는 재건을 부축하다 흘러내린 스타킹을 허벅지까지 끌어 올리고는 청소를 시작했다. 어느새 리카는 수희가 마음에 든 눈치로 그녀의 뒤를 졸졸 따라다니고 있었다.

'아침엔 또 라면이나 먹겠지.'

청소를 끝낸 수희는 내친김에 밥을 안쳤다.

냉장고를 열어보니 식재료가 거의 없었다. 별수 없이 냄비에 참치 김치찌개를 끓이고, 계란말이를 만들어 접시에 담아 랩을 씌웠다.

'잘 자, 재건아. 이번 소설도 잘될 거야.'

깊이 잠든 재건은 가슴 위로 이불을 덮어주는 수희의 손길도 전혀 느끼지 못했다.

정리를 마친 수희는 작은 등만 남기고 모든 조명을 끈 다음 조용히 집을 나섰다.

BIG LIFE

"하재건이라는 이름이 아깝지 않구나."

"……네?"

명경예술대학교 나동에 위치한 403호 연구실.

커피를 마시려다 말고 얼떨떨한 표정을 한 재건 앞에서 한혜선 교수는 싱긋 웃고 있었다.

"지금까지 본 네 모든 소설 중 가장 좋았다. 텍스트적으로 완성도가 높으면서도 재미를 놓치지 않았어. 이건 문단에도 먹힐 소설이다."

"교수님 말씀을 들으니 몸 둘 바를 모르겠습니다."

겉치레 말이 아니라 진심이었다.

스스로도 꽤 잘 썼다고 생각하긴 했지만 칭찬에 인색하기로 유명한 혜선이 이토록 높게 평가해 줄 줄은 몰랐다.

"고생 많았겠다. 많이 성장했구나. 네가 새삼 커 보인다. 진정한 작가로 거듭나고 있는 네가 또렷하게 보여."

혜선이 재건의 어깨를 다독이며 말을 이었다.

재건은 고개를 숙이고 입을 앙다물었다.

코끝이 찡해왔다.

제자를 아끼는 혜선의 따스한 마음이 여실히 전해져 오는 느낌이었다.

"이것 좀 보렴."

혜선이 자신의 핸드폰을 내밀어 보였다.

화면을 확인한 재건은 놀란 눈으로 혜선을 쳐다보았다.

"교수님, 이거……."

"참가해라."

재건이 목울대를 울리며 침을 꿀꺽 삼켰다.

혜선이 보여준 것은 현대청년문학상 공모 안내였다.

오래된 역사를 자랑하는 문학상으로 당선작은 매년 단 한 편.

무수한 작품이 배출되어 베스트셀러가 되었고, 수많은 영화와 드라마로도 만들어졌다. 상금 또한 3,000만 원으로 상당히 높은 수준을 자랑하는 문학상이었다.

"여기서 당선되면 중앙지 등단 이상의 대우를 받게 된다. 난 네 작품이 충분히 가능성 있다고 생각해."

"교수님, 전 등단하고 싶은 마음은 그다지 없습니다. 그리고 등단이라면 이미 디지털문학상으로……."

"우리나라 문단 문학이 생각하는 등단이라는 게 뭔지 뻔히 알면서 그런 말을 하니?"

"……."

"구태여 문단에 투신하라는 게 아니다. 네 글을 더 많은 사람이 읽을 수 있도록 하자는 거다. 네 당선작을 읽은 사람들은 너의 다른 작품들도 흔쾌히 읽어줄 거다. 색안경을 끼고서 문단 문학 수상작이 아니면 책도 아니라고 내던지는 사람들도 말이다."

"네, 교수님. 알겠습니다."

재건이 고개를 끄덕이며 대답했다.

혜선의 의견에 따르기로 마음을 굳혔다. 어차피 밑져야 본전이니 고민할 까닭도 없다는 생각이었다.

"그런데 제목이 없구나. 내가 못 본 건 아닌 것 같고, 제목은 아직 안 정했니?"

혜선이 소설을 다시금 훑어보며 묻고 있었다. 재건은 빈 컵을 들고 개수대로 걸음을 옮기며 대답했다.

"교수님 뵈러 여기까지 오는 사이에 정했습니다."

"그래? 뭔데?"

"질풍노도요."

혜선이 뜨악한 표정으로 쳐다보았다.

재건은 개수대를 등지고 서서 자신 없는 어조로 말을 이었다.

"거친 바람과도 같은 노래방 도우미…… 라는 의미로 지어봤습니다. 소설 분위기와도 맞는 이중적인 의미라고 생각하는데, 역시 이상한가요?"

"풉!"

혜선의 입술에서 불시에 웃음이 터져 나왔다.

웃음은 점점 더 커져서 그녀는 급기야 배를 잡고 허리까지 앞으로 꺾었다.

"그렇게 이상한가요, 교수님?"

"아니, 그런 게 아니다. 역시 너답다, 너다워. 하재건다워."

겨우 웃음을 멈추고 난 혜선이 손사래를 쳤다.

흐트러진 안경을 고쳐 쓴 그녀는 재건을 향해 엄지를 척 들어 보였다.

"나도 마음에 든다. 질풍노도처럼 가거라."

재건의 얼굴이 눈부신 미소로 뒤덮였다.

벅차오르는 가슴을 안고서, 그는 세상에서 가장 존경하는 교수에게 허리를 깊숙이 숙였다.

13장

독서는 좋은 거야

키보드를 두드리는 소리만 불규칙적으로 울리는 조용한 서재.

명훈은 조바심을 감추지 못하고 있었다. 시선은 내내 컴퓨터 앞에 앉은 명석의 등에만 꽂혀 있었다.

명석은 2시간째 말 한마디 없이 소설만 읽는 중이었다.

명훈이 쓴 장편의 초고였다. 동생의 소설인 만큼 평균 이상으로 집중하고 있었다.

시침이 어느덧 정오를 가리키고 있었다.

드디어 초고를 전부 읽고 난 명석이 허리를 폈다. 이제나 저제나 기다리고 있던 명훈은 지체 없이 일어서며 질문을 던졌다.

"어때, 형? 괜찮아?"

"으음…… 현대청년문학상은 아무래도 어려울 것 같다."

관자놀이를 꾹꾹 누르며 명석이 하는 말이었다.

명훈은 힘없이 고개를 떨어뜨렸다.

내일모레가 마감인 현대청년문학상에 참가할 예정이었다.

아무래도 어려울 것 같다니.

칭찬까지는 아니더라도 이 정도면 제법이라는 격려 정도는 기대하고 있었다.

'……'

단숨에 맥이 빠져 버렸다.

"문장은 깔끔하고 이 정도면 나무랄 데 없는 수준이다. 항상 말하지만 네 문장은 좋은 편이야. 하지만 이야기가 얄팍하고 깊이가 없어."

이번에도 명석은 예전과 같은 부분을 지적하고 있었다.

"좋은 문장만으로 수상할 수 있는 시대는 오래전에 끝났다. 명훈아, 소설 전체를 생각해야 돼. 현대청년은 뽑는 작품도 고작 한 편이야. 게다가 수준이 너무 높다."

명석은 축 늘어진 명훈의 어깨를 다독이며 덧붙였다.

"이제 곧 가온누리문학상 있잖아. 거기 도전해라. 수상 부문도 많고 훨씬 가능성 있지."

명훈은 분통해서 아무런 대답도 하지 못했다.

명석이 언급한 가온누리문학상은 현대청년문학상과 얼마 되지 않는 격차를 두고 개최되는 장르 소설 공모전이다.

최우수상 상금은 1억 원 규모로 현대청년문학상과 비교하면 훨씬 높은 편이다.

하지만 명훈은 상금 따윈 안중에도 없었다. 돈이라면 차고도 넘치는 집안에서 태어났으니까. 가능하면 새로 쓴 이 소설로는 현대청년문학상에 참가하고 싶었다.

이유라면 있었다.

권위 있는 문단 문학 계열에서 수상함으로써 아버지의 인정을 받아내고 싶은 욕구 때문이었다.

나아가 수희로부터도.

수준 높은 문학상이지만 명훈은 믿는 구석이 있었다. 그것은 바로, 심사 위원 중 한 사람인 김 교수가 명석과 절친한 사이라는 점이었다.

'형이 조금만 도와주면……!'

명훈은 자신의 형이 얼마나 빛나는 필력과 인맥을 가지고 있는 사람인지 잘 안다. 자신의 작품이 현대청년문학상에서 당선의 영광을 안을 수 있도록 이끌어주길 간절히 바라고 있는 상황이었다.

고민 끝에 명훈은 넌지시 운을 뗐다.

"형, 김 교수님 말인데……."

드르륵!

테이블 위의 진동이 명훈의 말을 끊었다.

명석이 즉시 몸을 떠는 핸드폰을 집어 들고 전화를 받았다.

"네, 교수님. 안녕하셨어요. 별고 없으셨죠? 네네, 저도 잘 지내고 있습니다. 심사 준비하시느라 고단하시겠습니다."

"……!"

심사 준비라는 말에 명훈의 두 눈이 번쩍 뜨였다.

현대청년문학상의 심사 위원을 맡게 된 김 교수의 전화가 분명했다.

"아. 네, 교수님, 아, 정말요?"

명석이 핸드폰에 대고 대답하며 몸을 일으켰다. 그는 곁눈으로 명훈의 기색을 힐끗 살피더니 서재 내부의 옆방으로 자리를 옮겼다.

'뭐지.'

태도가 아무래도 수상하다고 느껴지는 명훈이었다.

특별한 일이 아닌 이상 굳이 자신을 피해서 전화를 받을 형이 아니었다.

심지어 상대는 심사 위원으로 배정된 김 교수다.

명훈은 발소리를 죽여 명석이 들어간 방문 앞으로 다가섰다. 문으로 귀를 들이밀자 통화 중인 명석의 목소리가 희미하게나마 들려왔다.

"요전 디지털문학상 수상했던 그 작가 말이죠? 네네, 이름이 아마…… 맞다, 하재건이었지요."

명훈이 문에 귀를 붙인 채 두 눈을 까뒤집었다.

잘못 들은 것이 아니었다. 명석은 분명히 하재건이라는 이름 세 글자를 말하고 있었다.

생각하는 것만으로도 피가 거꾸로 솟는 이름.

그 이름이 무슨 이유로 김 교수와의 통화에서 언급되고 있는 것인지 당최 짐작이 가질 않았다.

명석의 목소리가 이어지고 있었다.

"글을 상당히 잘 쓰는 친구더군요. 멍청한 여자요. 네, 교수님도 읽어보셨습니까? 아하하, 네. 좋았습니다. 그 친구가 이번에 현대청년에도 참가했다니. 정말 정력적으로 쓰는 친구인 모양입니다."

"……?!"

명훈의 숨결이 급격하게 흐트러졌다. 순간적으로 호흡마저 곤란해질 정도로 강렬한 충격이었다. 부들부들 떨리는 얼굴엔 핏기가 하나도 없었다.

"알겠습니다, 교수님. 저도 꼭 참석하겠습니다. 네, 그때 뵙겠습니다. 고생하시고요, 네네."

명석이 곧 통화를 끝낼 기색이었다.

명훈은 튕기듯이 본래의 자리로 돌아와 의자에 몸을 앉혔다. 그리고 잠시 후 문이 열리며 명석도 되돌아왔다.

"김 교수님이셔?"

명훈이 태연함을 가장하고 슬쩍 물었다.

핸드폰을 충전기에 꽂으며 명석은 고개를 끄덕였다.

"어, 조만간 학회 모임 저녁 식사 때문에. 너도 알다시피 형이야 출판사 영업하러 가는 거지. 김 교수님께서 자리 마련해 주신 거고."

명훈이 딱딱하게 굳은 얼굴로 고개를 주억거렸다. 지금 명석이 들려준 대답은 그의 관심 밖이었다. 머릿속에 오로지 하재건이라는 이름만이 가득했다.

"한혜선 교수님도 오시는 자리다. 너, 가끔 인사는 드리러 가냐? 대단하신 분이야. 잘 모시고 평생 배울 생각해."

명훈은 서슬 시퍼런 살기가 가득 담긴 눈빛으로 바닥에 깔린 카펫을 노려보고 있을 뿐이었다.

명석이 의자에 걸어두었던 재킷을 들며 말했다.

"왜 그렇게 얼굴이 굳었어? 글은 또 힘내서 쓰면 되는 거야. 내려가자. 점심 먹어야지."

"도와줘, 형."

"뭐라고?"

명훈이 천천히 고개를 치켜들었다.

두 눈이 지진이라도 난 것처럼 뒤흔들리고 있었다.

"퇴고 좀 도와줘, 형."

"……그냥 점심 따로 먹자."

명석이 머뭇거리지도 않고 출입구를 향해 돌아섰다.

명훈은 부리나케 뛰어가 그 앞을 가로막고 섰다.

명석의 얼굴은 이미 험악하게 일그러진 채였다.

"비켜라."

"한 번만 더 도와줘, 형. 정말 마지막이야. 부탁할게."

"분명히 저번이 끝이라고 얘기했다. 더 이상 아버지에게 거짓말하는 장남은 되고 싶지 않다. 비켜."

명석이 명훈을 매몰차게 밀어냈다.

그러나 명훈은 포기할 수 없었다.

재건이 참가했다는 사실을 깨닫게 된 이상 더더욱 그만둘 수가 없게 되어버렸다.

"형, 제발."

명훈은 세상 누구보다도 가장 의지하는 형의 앞을 재차 가로막고 두 팔을 붙들었다.

명석이 들고 있던 재킷이 바닥으로 떨어졌다.

"간단한 일이잖아. 형의 필력과 인맥이면 간단히 해결될 문제라고. 서울의 고독 때처럼 퇴고 조금만 도와줘. 그리고 김 교수님한테 한마디만 해줘. 이거면 돼. 어?"

"이 자식이 진짜……!"

한껏 부릅떠진 명석의 두 눈이 찢어질 것만 같았다.

설마 동생이 이렇게까지 노골적으로 저열한 부탁을 해올 줄이야.

소설의 수정 작업만이 아니라 심사 위원까지 매수해 주기를 요청하고 있는 것이다.

"오명훈! 넘지 말아야 할 선이라는 게 있다. 다시는 형 앞에서 그런 헛소리 지껄이지 마라."

명석이 못을 박듯이 코앞으로 손가락을 세워 보였다.

제대로 화가 난 표정이어서 명훈은 차마 더 말을 잇지 못하고 침을 꿀꺽 삼켰다.

명석이 문을 거칠게 밀어젖혔다.

열린 문밖으로 길게 이어진 저택의 복도가 나타났다. 복도 양 끝의 창문을 두 가정부가 열심히 닦고 있었다.

명석은 성큼성큼 복도 너머로 멀어져 갔다.

문턱에 기대어 부들부들 떨고 있던 명훈은 작아지는 명석의 등에 대고 소리치듯 말했다.

"형은 하재건이 나랑 동기라는 걸 알고 있잖아!"

걸어가던 명석이 몸을 움찔거리고 섰다.

하지만 그것도 잠시, 금세 아무 일도 없었다는 듯 다시금 걸음을 내디뎠다.

"왜 어설픈 배려를 해서 사람 초라하게 만들어! 내 앞에서 그냥 통화해! 누가 형한테 그런 배려해 달랬어? 도와줄 거면 제대로 도와 달란 말이야!”

공허한 외침이 긴 복도 위로 쩌렁쩌렁 울렸다.

명석은 이미 모퉁이 너머로 홀연히 사라지고 없었다.

하지만 명훈의 고성은 멈추지 않았다.

“서점에도 못 들어가는 판타지나 써대는 저열한 새끼였어! 그런 자식에게 현대청년문학상이 가당키나 한 거야?! 돈 몇 푼이 급해서 같잖은 잡문이나 써대는 놈이었다고! 문단에는 체면도 없어?! 말해봐, 형! 말해보라고!”

고함 끝에 명훈이 주먹으로 문을 부서지도록 쳤다.

청소하던 가정부들이 놀라서 몸을 움츠렸다. 결코 돌아보거나 하진 않았다. 곧잘 울컥하는 명훈의 기질은 가정부들 사이에도 익히 알려진 일이었다.

“빌어먹을……!”

명훈이 치를 떨며 돌아섰다.

문턱 앞의 바닥에 떨어진 명석의 재킷이 보였다.

형을 향한 미움이 최고조에 달한 명훈은 재킷을 발로 힘껏 걷어찼다.

그때다.

주머니에 들어 있던 종이 한 장이 툭 튀어나왔다.

‘뭐야……. 이거?’

보려고 본 것이 아니었다. 무심코 종이로 향한 시선이 김 교수의 이름을 읽어냈을 뿐이었다.

'심사 위원 명단인가.'

명훈이 종이를 집어 내용을 자세히 살펴보았다.

짐작대로 현대청년문학상 심사 위원 명단이었다.

김 교수를 비롯해 문단 각계에서 명성을 떨치고 있는 사람들의 이름과 연락처가 열거되어 있었다.

명훈은 금세 흥미를 잃고 명단을 등 뒤로 내던졌다.

종이가 허공의 좌우를 폴락폴락 날았다. 그 소리를 들으며 멀거니 앉아 있던 명훈의 뇌리에 한 가지 생각이 번개처럼 스쳐 갔다.

'좋았어……!'

명훈의 두 눈이 야수처럼 번득였다.

그는 즉시 내던졌던 명단을 집어 들고 컴퓨터 앞에 앉아 워드 프로그램을 실행시켰다.

'하재건과 풍천유가 동일인이라는 걸 이 인간들에게도 알려줘야 해. 문단의 거장들이 이 사실을 알면 무슨 반응을 보일지 궁금하군.'

재건은 풍천유라는 필명으로 판타지 소설을 써왔다는 사실을 아직 그 어떤 매체에도 알리지 않은 상태다.

이유나 배경 따윈 어찌 됐든 상관없다.

이제라도 그 사실을 문단의 거장들에게 까발리는 것만이 중요하다.

명훈의 열 손가락이 빠르게 문장을 만들어내기 시작했다. 어찌 된 영문인지 자신의 소설을 쓸 때보다 몇 배나 술술 글줄이 쏟아져 나오고 있었다.

BIG LIFE

“두부전골로 2인분 주세요.”

“네, 손님.”

주문을 하고 난 소미가 시선을 앞으로 되돌리고 웃었다.

“여기 맛있어요. 작가님도 좋아하실 거예요.”

“기대되네요.”

물 한 모금 마시고 난 컵을 내려놓으며 재건이 대답했다.

1시 반이 조금 넘어가는 한낮이었다.

직장인들의 점심 식사가 한창인 시간이 지났기에 식당 내부는 한적한 편이었다.

“죄송해요, 글 쓰시느라 많이 바쁘실 텐데.”

“아니요, 요즘은 급한 거 없어요. 신경 쓰지 마세요.”

재건은 점심을 대접하겠다는 소미의 전화를 받고 이 자리에 나온 참이었다.

솔직히 마음이 편하지만은 않았다.

소미는 스타북스의 직원이다. 아무런 이유도 없이 업무 시간에 자신과 밥을 먹고 있을 수가 없는 사람이다.

'차기작 얘기를 하려는 건가.'

시간적인 상황은 여유로운 편이었다.

지존록 3부작인 이계지존록은 완결권까지 넘겼다.

해태미디어와 계약한 페젤론의 마검사도 마찬가지였다.

질풍노도 역시 집필을 끝내고 현대청년문학상에 투척했으니 손을 완전히 떠났다고 봐도 좋았다. 수상작 발표일까지는 아직도 두 달이나 남았다.

'딱히 쓰고 싶은 게 없는데…….'

이것이 지금 재건의 문제였다.

당장 판타지나 무협 쪽에서는 쓰고 싶은 이야깃거리가 없었다. 그래서 소미가 차기작 얘기를 꺼내면 어떤 좋은 말로 거절해야 할지가 근심이었다.

"생두부가 맛있어요, 작가님. 식사 나오기 전에 조금 드셔보세요."

두부가 담긴 접시를 밀어주며 소미가 권했다.

재건은 웃는 얼굴로 두부를 한 숟가락 떠 입으로 가져갔다.

소미와의 만남이 즐거운 것도 사실이었다. 업무와는 별개의 문제였다. 보기만 해도 힘이 나는 사람이고 실제로 힘든 상황에 여러 번 도움도 받았다.

'더 예뻐졌네.'

재건의 눈에 비친 소미는 예전보다 한결 성숙해진 여성적 매력을 드러내고 있었다.

풍성한 터틀넥 스웨터와 호박색 모직 반바지, 그 아래로 도톰한 검은색 스타킹과 스니커즈가 가을의 끝자락이라는 사실을 일러주는 듯했다.

한편으로는 아쉬운 마음도 있었다.

한여름의 초목처럼 싱그럽던 여대생의 흔적이 흐려져 가는 것 같아서.

생각해 보니 이제 연말도 코앞.

문득 시간의 흐름이 애잔하게 느껴지는 재건이었다.

"무슨 생각을 그렇게 하세요."

"아니요, 별로. 근데, 편집장님은 요즘도 계속 바쁘신가 봐요?"

"네, 그렇죠. 많이 바쁘세요."

소미는 그렇게만 대답하고 말을 아꼈다.

태원은 업무 인수인계 때문에 아직 스타북스에 남아 있었다. 퇴사할 날이 목전에 다다르면 본인이 직접 재건에게 얘기할 것이다.

"그건 그렇고, 작가님. 말씀드리고 싶은 게 있어요."

"말씀하세요."

올 것이 왔다는 생각을 하면서 재건은 젓가락을 내려놓았다. 슬슬 차기작 얘기를 꺼내려고 하는 것이리라.

하지만 재건의 짐작은 틀렸다.

웃음이 만연한 소미의 입에서는 예상치 못한 종류의 이야기가 흘러나오고 있었다.

"하 작가님 작품이 웹툰으로 만들어지는 것에 대해서 어떻게 생각하세요?"

"웹툰이요?"

"코믹KT에서 제의가 왔어요. 하 작가님의 현대지존록을 웹툰화하고 싶다고요. 코믹KT 아시죠?"

"아, 네……."

재건도 익히 들어 알고 있었다.

코믹KT는 오로지 웹툰만을 전문적으로 서비스하는 회사다.

국내 웹툰 업계에서 다섯 손가락 안에 드는 매출을 자랑할 정도로 인지도도 높고 기반도 탄탄한 회사였다.

"그래서 오늘 뵙자고 말씀드렸던 거예요. 하 작가님의 의향을 여쭤보려고요."

뜻밖의 얘기 앞에 재건은 멍하니 소미를 바라보았다.

소미는 허벅지 밑으로 양 손바닥을 깔고 앉은 채 상체를 좌우로 흔들며 배시시 웃었다.

재건의 의향을 물을 필요조차 없었다는 사실을 이미 깨달은 듯한 표정이었다.

“어떠세요?”

“어떻긴요. 좋은 일이죠.”

소미가 예상한 대로 재건은 긍정적인 입장을 내비쳤다.

장르 작가 중 자신의 글이 만화로 만들어지는 걸 싫어할 작가가 있을까.

재건이 생각하기로는 없을 것 같았다.

심지어 서비스 업체가 코믹KT라면 더욱 마다할 이유가 없다는 생각이었다.

“그런데 제가 웹툰 쪽에 대해선 거의 아는 게 없어서요. 수익 배분이라거나 그런 것들이요.”

“저도 아직 경험이 부족해서 잘은 모르지만요…….”

소미가 두 눈을 치켜뜨고 생각한 끝에 설명했다.

“만약 코믹KT에서 하 작가님 소설로 웹툰화가 진행된다면, 작가님의 소설 원작으로 판권 계약이 된다는 의미잖아요. 코믹KT 측에서 비용 지불해서 그림 작가 구하고, 콘티 작가 구해서 각색도 할 거고요. 소설 전개 그대로 웹툰화하기는 아무래도 어려움이 있잖아요.”

“그렇겠죠.”

"편집장님 말씀으로는 아마도 10퍼센트 전후가 될 거라고 하셨어요. 웹툰 1화당 수익의 10퍼센트요. 거기에서 다시 스타북스와 하 작가님이 5 대 5로 분배하시게 되는 거고요. 2차 창작물이니까요."

"으음, 네."

재건은 자신이 서명한 계약서들에 공통적으로 들어가 있던 조항을 떠올리는 중이었다.

만화건 영화건 드라마건, 2차 창작물에 관한 조항은 모든 계약서에 빠지지 않고 기입되어 있었다.

재건은 지금껏 2차 창작물이라는 조항에 대해 거의 관심을 두지 않고 살아왔다. 자신의 글이 다른 매체로 재창작된다는 건 실현 불가능한 꿈이라고만 여겨왔었다.

'현대지존록이 만화로 만들어진다니…….'

글을 쓰는 내내 머리에 그렸던 자신만의 영상이 이 순간 다시 되살아나고 있었다. 아직도 소미의 말이 제대로 실감이 나지 않는 재건이었다.

"코믹KT로부터의 수익은 그다지 크지 않을 거예요. 단순하게 수익이 100만 원이라고 가정하면 작가님께는 5만 원이 가는 셈이니까요."

"네, 그렇겠죠."

"하지만 웹툰이 흥하면 소설도 흥하기 쉬워요. 스타북스에서 출간하신 지존록 3부작 전부요. 종이책 완결권 나가고 나면 전자책 출시할 거고, 그 시기에 맞춰 웹툰도 내보내면 시너지 효과가 클 거라고 편집장님이 얘기하셨어요."

재건의 입가에 미소가 번졌다.

신중함을 잃지 않으면서도 부드러운 어조로 설명하는 태원의 표정이 눈앞에 그려지는 듯했다. 그의 말이라면 언제나 신뢰할 수 있었다.

"잘 부탁드릴게요."

재건이 더 고민할 것도 없이 결정을 내렸다.

"좋은 작가님한테 들어가서 재미있게 만들어졌으면 좋겠어요."

"그렇게 되어야죠. 걱정하지 마세요. 제가 그림 좋은지 눈여겨볼게요. 그리고 후보군 정해지면 작가님께도 보내드리고 의향 여쭤볼게요."

"고맙습니다."

주문한 음식이 나오고 두 사람은 본격적으로 식사를 시작했다.

재건은 소미와 대화를 나누면서 즐겁게 밥을 먹었다. 일 얘기도 끝났다고 생각했기에 마음이 편했다.

"저기, 하 작가님."

식사가 거의 끝나갈 무렵.

재건의 컵에 물을 따라 주며 소미가 운을 뗐다.

"혹시 요즘 쓰시는 글 있으세요?"

"아니요, 요즘은 딱히 쓰는 거 없이 쉬고 있어요."

"그러면…… 혹시 그…… 차기작 하실 마음은 없으신가 해서요."

무척 어렵게 말을 잇는 소미를 보며 재건은 '그럼 그렇지'라는 생각을 하고 있었다.

생각해 보면 어쩔 수 없는 일이다.

이계지존록을 끝냈으니 스타북스 입장에서는 당연히 차기작 의향을 타진할 수순이기는 했다. 소미가 웹툰에 대한 이야기를 먼저 꺼냈기 때문에 대화가 순서가 조금 늦어졌을 뿐이었다.

"죄송한데 지금은 생각나는 이야기가 없어서요. 소재도 특별히 떠오르지도 않고요."

"힘드시겠어요. 그럼 재촉할 수도 없는 노릇이죠. 알겠습니다. 기다릴게요, 작가님."

소미가 더 말하지 않고 순순히 물러섰다.

재건은 간단히 이야기가 끝나 다행스러우면서도 한편으로는 묘한 의구심을 느꼈다. 그가 아는 소미는 몸을 사리지 않고 회사의 이익을 위해 일하는 타입이었다.

그런데 이렇게 포기가 빠르다니.

적어도 몇 마디는 더 물어볼 줄 알았는데.

'정말로 내가 힘들 거라고 생각해서 배려한 건가.'

식사가 끝난 뒤 후식으로 나온 수정과를 마시면서도 재건은 긴가민가하기만 했다. 슬쩍 살펴본 소미의 표정에서는 그 어떤 생각도 읽혀지지 않았다.

"잘 먹었어요, 소미 씨."

"제가 작가님 덕분에 잘 먹은 거죠. 잘 먹었습니다, 작가님."

두 사람은 식당을 나와 낙엽이 가득 깔린 보도 위에 섰다.

최근 들어 비교적 바람이 잔잔한 날이었다. 햇살도 따스해서 어딘가 놀러가기엔 최적의 날씨였다.

"이제 회사로 돌아가시는 거예요?"

"아니요, 코믹KT로 가요."

"지금요?"

"네, 하 작가님의 답변 들었으니까 바로 움직여야죠. 그렇게 지시 듣고 나온 거예요."

소미가 두 손을 허리 뒤로 모으고 웃으며 대답했다.

스니커즈를 신은 한쪽 발은 일도 없이 보도에 쌓인 낙엽을 좌우로 헤치고 있었다.

재건은 문득 작가 모임 때 소미의 운동화가 벗겨졌던 일을 떠올리고 피식 웃었다.

"갑자기 왜 웃으세요?"

"아무것도 아니에요."

"궁금하게 꼭 그러시더라. 전에 작가 모임 때도, 음……."

소미가 수줍은 웃음을 빼물며 말끝을 흐렸다. 재건이 벗겨진 운동화를 주워준 일이 떠올라서였다. 당시만큼은 아니지만 그래도 여전히 부끄러운 기억이었다.

"코믹KT는 회사가 어디예요?"

"삼성이요."

"거리가 좀 있네요."

"지하철 타면 30분이면 가요."

잠시 대화가 끊겼다.

두 사람은 각자 딴 곳을 보며 마주 서 있었다. 하지만 머리로는 똑같은 생각을 하고 있었다.

'나도 따라가겠다고 해볼까?'

'같이 가자고 하면 좋아하실까?'

스타북스 대 코믹KT의 계약이니 반드시 갈 필요는 없다.

하지만 재건은 웹툰으로 만들어지려는 현대지존록의 원작자다. 자세한 계약 내용을 확인하고 싶다거나, 혹은 진행 상황이 궁금하다거나 하는 이유들로 동석하는 것도 어색한 일은 아니다.

'아니, 이건 아니다.'

재건이 소미보다 먼저 결론을 내렸다.

날씨가 좋아서 소미와 좀 더 시간을 보내고 싶다는 생각을 아주 잠깐 했다. 하지만 다시금 생각해 보니 역시 내키지 않았다.

소미는 놀러 나온 게 아니라 일하는 중이다. 꼭 가야 할 자리도 아닌 이상 그녀를 번거롭게 만들고 싶지 않았다.

"그럼 지하철역까지 같이 가시죠."

"네……."

소미가 아쉬운 마음을 누르며 재건을 따랐다.

두 사람은 낙엽으로 노랗게 물든 보도를 따라 역을 향해 천천히 걸었다.

소미는 뒷짐을 지고서 보도블록의 눈금을 피해 이리저리 발을 내딛고 있었다.

"작가님은 이제 바로 댁으로 들어가시는 거예요?"

"서점 들렀다 가려고요."

재건이 대답했다.

애초에 소미를 만나고 돌아오는 길에는 서점을 방문할 예정이었다. 한동안 글을 쓰느라 바빠서 다른 작가의 글은 거의 못 읽고 살았다.

좋은 글을 쓰려면 좋은 글을 많이 읽어야 한다는 건 작가로서 기본 중의 기본.

마침 일상도 여유로워졌으니 이럴 때 몰아서라도 읽을 생각이었다.

“그럼 조심해서 들어가세요.”

“소미 씨도요.”

서로를 등지고 돌아선 두 사람은 각자의 개찰구에 교통카드를 찍었다.

계단으로 내려가기 직전, 재건은 뒤를 돌아보았다. 때맞춰 소미도 개찰구 너머 저편에서 이쪽으로 돌아보고 있었다.

두 사람의 시선이 수많은 인파를 헤집고 교차했다.

재건이 먼저 웃으며 손을 들어 보였다. 소미는 다시 한 번 재건을 향해 허리를 90도로 숙여 인사하고는 천천히 계단 아래로 자취를 감췄다.

‘그래, 나도 일을 해야지.’

지하철에 몸을 싣고서 재건은 마음을 다잡았다. 열심히 일하는 소미를 만나고 나니 새삼 각오가 섰다.

‘오늘은 이런저런 책을 읽어보자. 읽다 보면 거짓말처럼 소재가 팍 하고 떠오를지도 모르지.’

다슬이라는 노래방 도우미를 통해 질풍노도를 쓰게 된 과정도 처음부터 끝까지 예기치 못한 일들뿐이었다.

영감이라는 것은 언제나 생각지도 못한 순간에 찾아온다.

지하철이 목적지까지 달리는 내내 재건은 그 점을 속으로 곱씹고 있었다.

20여 분쯤 지나 재건은 지하철에서 내려섰다. 그의 걸음은 역과 연결되어 있는 백화점으로 향하고 있었다.

'사람이 많네.'

백화점 내의 한 층을 통째로 쓰는 대형 서점이었다.

평일 한낮의 시간임에도 불구하고 서점은 꽤 많은 손님으로 북적이고 있었다.

재건은 입구와 가까운 신간 코너 쪽으로 걸음을 옮겼다.

수없이 늘어선 책 사이에서 단 한 권의 책이 바로 재건의 두 눈에 들어왔다.

멍청한 여자였다.

'디지털문학상 최우수상 수상작'이라는 명예로운 띠지도 둘러져 있었다.

재건은 30분가량이나 신간 코너의 책들을 뒤적이며 한곳에 머물렀다. 그러면서 곁에서 책을 읽는 사람들의 동향을 살폈다.

멍청한 여자를 집어 든 사람은 10명이 되지 않았다. 그것도 대부분 몇 페이지인가 넘겨보더니 도로 내려놓았다. 구입한 사람은 아무도 없었다.

'아무래도 인세는 무리겠군.'

재건의 입가에 쓴웃음이 감돌았다.

최우수상 상금 2,000만 원은 선인세이기도 하다. 추가 인세를 받기 위해서는 2,000만 원 이상의 책이 팔려 나가야 한다.

권당 1,000원으로 계산하면 무려 2만 부.

종이책 판매량이 바닥을 기고 있는 세상이다.

이런 상황에서 멍청한 여자가 2만 부 이상 팔릴 거라는 꿈 같은 기대는 재건에게 없었다.

이제 겨우 작가로서 이름을 드러낸 자신의 처지를 그는 비교적 확실하게 인지하고 있었다.

'이제 슬슬 내 양식이나 쌓아볼까.'

재건은 품에서 서건우의 뿔테 안경을 꺼내 얼굴에 썼다. 속독하기 위해서 가져온 장비였다.

이 안경만 있으면 아무리 느려도 1시간에 15권 이상은 거뜬히 읽을 수 있으리라.

"아, 이거 진짜 재밌는데."

판타지 및 무협 소설 코너를 지나칠 때였다.

대학생으로 보이는 두 남자의 대화가 재건의 귓가로 파고들었다.

힐끗 돌아본 재건의 두 눈이 이채를 발했다. 한 남자가 두 손에 페젤론의 마검사 1권을 든 채 말을 잇고 있었다.

"전작이 페젤론의 마법사였는데 진짜 개쩔어. 다 읽고 한동안 후유증 있어서 다른 건 읽지도 못했다. 이 작가 아냐?"

"알지, 풍천유잖아. 지존록 시리즈 안 봤냐?"

"지존록이야 진즉에 끝냈지. 아씨, 이거 좀만 훑어보고 싶은데 랩핑돼 있어서. 그냥 사야겠다. 풍천유야 믿고 보지."

남자는 급기야 페젤론의 마검사를 출간된 권수까지 모조리 뽑아 들더니 판매대로 성큼성큼 향했다.

재건은 한동안 그곳에 서서 움직이지 못했다.

판매량이 좋다는 건 출판사 직원들의 말과 계좌에 들어오는 인세로만 추측해 왔다. 이렇게 직접적으로 독자의 반응을 확인할 수 있는 기회는 흔하지 않았다.

자신의 작품을 재미있다고 한 남자의 말이 너무도 고마웠다.

재건은 벅차오르는 가슴을 안고서 장르 소설 종합 코너로 걸음을 향했다.

BIG LIFE

"흠, 재밌네. 로맨스는 역시 이런 맛이 있군."

"캬아, 이 자식이 범인이었어? 통수 제대론데?"

"이 작가 작품이 원래 이렇게 하드보일드했나? 뭔가 애매하네. 폭력적이긴 한데 카타르시스가 부족해."

"어설퍼, 어설퍼. 이 작가는 어째 갈수록 재미가 없냐."

서점에 들어온 지도 어느덧 2시간째.

책장을 넘기는 재건의 손은 보이지 않을 정도였다.

재건은 사람들이 잘 드나들지 않는 서가 한구석에 몸을 기대고 서서 쉴 새 없이 페이지를 넘겨대고 있었다. 이따금 그 앞을 지나치는 사람들은 하나같이 기이한 눈초리로 재건을 쳐다보았다.

'자, 이 라인은 끝났고 이제 다음 서가.'

재건은 무서운 기세로 책을 읽어 나가고 있었다.

단순히 페이지를 넘기고 있는 것이 아니었다.

서건우의 안경 덕분에 빛과 같은 속도로 읽고 있을 뿐이었다.

재건의 1년 평균 독서량은 150권 전후였다. 일주일에 3~4권씩 꼬박꼬박 읽어도 150권이 고작이었다.

그런데 지금 서점에서 2시간 동안 읽은 책이 벌써 50권을 넘어가고 있었다.

많은 독서량은 작가에게 강력한 무기가 된다.

대형 서점의 서가 한구석에서 재건은 지금 이 순간에도 작가로서 확실하게 성장하고 있었다.

BIG LIFE

'저 사람 아직도 저러네?'

근방의 서가를 순회하고 있던 여직원이 재건을 향해 두 눈을 가늘게 떴다.

도무지 그냥 지나칠 수 없는 이상한 손님이었다.

책을 꺼내 휘리리릭 넘기고는 도로 집어넣고, 또 다른 책을 꺼내 휘리리릭 넘기고는 다시 또 다른 책……. 벌써 2시간째 같은 행동의 반복이었다.

'특별히 찾는 책이 있는 건가?'

멀찍이서 바라보는 잠깐 사이에 책을 넘기는 재건의 손은 점점 더 가속이 붙고 있었다.

여직원은 서가의 책을 정리하는 척 슬그머니 재건의 옆으로 가 섰다. 힐끗 얼굴을 살피니 안경알 너머로 부릅떠진 눈이 보였다. 또렷한 두 눈동자는 펼쳐 든 책의 좌우로 마구 쏘다니고 있었다.

'설마……?'

여직원은 도저히 믿을 수가 없어서 입을 떡하니 벌렸다.

'……읽고 있다는 거야 지금?'

바로 그 순간.

찌이익!

"윽!"

책이 찢어지면서 재건이 신음을 토해냈다.

자기도 모르게 빨라지는 손을 주체할 수가 없어서 벌어진

부작용이었다.

고개를 든 재건은 그제야 옆에 선 여직원을 발견하고 황망히 말을 건넸다.

“죄송해요. 제가 실수로 급하게 넘기다가 찢었네요. 이 책 제가 살게요.”

“아아, 네……. 으음?”

일순 여직원은 멍한 표정이 되었다. 정면으로 바라본 재건의 얼굴이 어쩐지 낯익었던 것이다.

“저기…… 저기요, 혹시…….”

“네?”

“혹시…… 하재건 작가님 아니세요?”

“아…….”

뜻밖의 말에 당황한 재건의 입에서 애매한 목소리가 흘러나왔다.

책의 찢어진 페이지를 일없이 펴면서 고개를 살짝 까닥이자 여직원은 두 눈을 동그랗게 떴다.

“하재건 작가님 맞으신 거예요?”

“아, 네. 맞습니다.”

“대박!”

대답하기가 무섭게 여직원이 두 손으로 자신의 입을 가렸다. 놀라움으로 이맛살을 찌푸리는 동시에 입은 귀밑까지 올라갈 정도로 웃고 있었다.

"어쩜. 아, 진짜 너무 놀랐어요. 멀리서 봤을 땐 몰랐는데 이렇게 가까이서 보니까……! 저 네이빈 오늘의 책에 나오신 것도 봤거든요."

"아하하, 네."

"실물이 훨씬 훈남이시다. 멍청한 여자 참 잘 읽고 있어요. 어제부터 출퇴근하면서 읽고 있는데 지금 거의 끝부분이거든요! 지하철에서 눈물 나서 혼났어요!"

여직원은 근무 중이라는 사실조차 잊고 탄성 섞인 목소리로 거듭 말했다.

재건은 뭐라고 대답해야 할지 몰라서 난감한 미소로만 응대하고 있었다.

"정말 죄송한데, 저 사인 좀 해주시면 안 될까요?"

"아아, 네. 해드릴게요."

"감사합니다, 감사합니다. 잠깐만요. 금방 가져올게요."

여직원이 주변 직원들의 동향을 쓱 살피고는 재빨리 직원실 문을 열고 안으로 들어갔다. 그리고 30초도 되지 않아 멍청한 여자 한 권을 들고 되돌아왔다.

"지난주에 샀어요. 여기 제일 앞 장에 해주세요."

"성함이 어떻게 되세요?"

"김하윤이요."

재건은 서가 한 모퉁이에 책을 고정시키듯이 놓고 성심성의껏 사인을 했다.

수희에 이어 두 번째 사인이었다.

고맙습니다. 행복하세요.

글귀와 함께 한결 자연스럽고 나아진 사인이 책의 하얀 여백에 새겨졌다.

"여기요."

"아, 감사합니다. 완전 대박 감동이에요."

책을 돌려받은 여직원이 감격해서 중얼거렸다.

재건과의 만남은 그녀에게 일대 사건이었다. 언제나 같은 풍경뿐인 직장이다. 지루한 업무만이 반복되는 이곳에 좋아하는 소설을 쓴 작가가 나타난 것이다.

"저희 서점 자주 오세요?"

"네, 제일 가까운 대형 서점이라서 종종 와요."

"아, 왜 한 번도 못 봤지. 근데 책 정말 빨리 읽으시네요. 앗, 제가 보려고 본 건 아니구요. 서가 정리하면서 언뜻 보니까 되게 빨리 읽으시더라고요. 역시 작가님이셔서 책 읽는 속도도 남들하고는 다르신가 봐요."

이제 고작 스무 살이 넘었을까.

소미의 또래로 보이는 여직원은 소녀처럼 흥분을 가누지 못하고 연신 가슴을 부풀렸다.

"정말 너무 잘 읽었어요. 책이나 글쓰기에 대해서 여쭤보고 싶은 게 많아요. 언제 시간 되실 때 제가 커피라도 한 잔 사드리고 싶은데 안 될까요? 저는 항상 6시면 퇴근이에요."

"아……."

여직원의 적극적이고 대담한 공세가 재건을 또 한 차례 당황하게 만들었다.

딱히 싫은 기분은 아니었다. 감색 근무복 차림의 여직원은 귀여운 얼굴과 아담한 체구가 꽤나 매력적이었다. 독자로서가 아니라 이성으로 바라봐도 괜찮은 여자였다.

재건은 바로 결정을 내리지 않았다.

한 번 만나볼까 싶은 생각도 잠깐은 들었지만 일단은 말을 아꼈다.

"언제 한번 기회가 되면 그렇게 하시죠."

"고맙습니다. 그럼 저기…… 펜 좀……."

주머니에서 메모지를 꺼내 든 여직원이 물었다.

재건이 만년필을 꺼내 건네자 그녀는 자신의 이름과 핸드폰 번호를 적어 펜과 함께 돌려주었다.

"이제 창고 정리하러 가야 되거든요. 연락 꼭 주시면 좋겠어요. 정말 반가웠어요."

“네, 저도 반가웠습니다.”

여직원이 책을 한가득 가슴에 안고 창고로 향했다. 문을 열고 들어가기 전 자신을 돌아보는 시선을 느꼈지만, 재건은 못 본 척 내색하지 않았다.

‘사진을 찍지 말았어야 했을까.’

카페에 이어 서점에서도 알아보는 사람이 생기다니.

마음 편하게 책을 보기 위해서 조만간 단골 서점을 바꾸게 될지도 모르겠다는 생각이 재건의 뇌리를 스쳤다.

‘오늘은 이만 돌아가야겠다.’

재건은 자신이 찢은 책을 비롯해 점찍어 둔 책을 5~6권 더 챙겨 들고 계산대로 향했다.

자신을 알아본 여직원이 일하는 서점이다. 더 머물러 있다가는 어쩐지 번잡한 일이 생길 것 같았다.

‘역시 오늘 제일 재미있었던 건 이거야.’

에스컬레이터를 타고 지상으로 올라가며 책을 펼쳐 들었다.

급하게 읽다가 여직원 앞에서 한 장을 찢은 책이었다. 중세 유럽 시대를 배경으로 인간을 증오하는 드래곤과 맞서 싸우는 기사의 이야기를 그린 판타지 소설이었다.

‘드래곤이 멋있긴 하단 말이지. 두 날개를 펼치고 날아다니면서 도시 하나쯤은 브레스 한 방으로 우습게 날려 버리고.’

재건은 어느새 만년필을 한 손에 쥐고 있었다.

'나도 드래곤을 중심으로 삼아서 하나 써봐?'

상념에 잠긴 펜촉이 책의 여백에 '드래곤'이라는 세 글자를 끼적였다. 그리고 잠시 후, 재건의 머리는 또 하나의 새로운 인물을 가공하고 있었다.

'재능을 시기한 동료의 모함을 받고 왕으로부터 버림받은 충직한 기사! 처형장의 단두대에 목을 올려야 하는 절체절명의 순간에 하늘에서 드래곤이 떨어진다!'

재건은 두 눈을 번득이며 떠오르는 전개를 빠르게 적어 나갔다.

등 뒤의 남자가 짜증스런 표정으로 그의 어깨를 가볍게 두드렸다.

"저기, 좀 비켜주시면 안 될까요?"

"앗, 죄송합니다."

재건이 사과하며 옆으로 비켜섰다. 생각에 빠져서 사람들의 길을 막고 서 있었다는 사실조차 모르고 있었다.

'안 되겠다, 어디 들어가서 정리부터 해야지.'

갑자기 떠오른 뜨거운 이야기를 식기 전에 토해내야 한다.

지척에 카페가 하나 있었다. 하지만 서점과 맞붙어 있어서인지 손님이 많은 데다 조명은 지나치게 밝았다.

재건은 작업하기 좋을 카페를 찾아 주변을 배회한 끝에 적당한 가게를 하나 찾아 안으로 들어섰다.

"어서 오세요."

"아이스 아메리카노 주세요."

주문한 음료를 받아 든 재건이 카페 안쪽의 구석진 테이블에 자리를 잡았다.

그는 빨대를 뽑아 들고 컵째로 커피를 마시면서 잠시 멈췄던 전개를 이어가기 시작했다.

'날개를 다친 드래곤이 추락하면서 처형장은 난장판이 된다……. 죽을 위기를 벗어난 주인공은 일단 드래곤 때문에 다칠지도 모를 인근 마을 주민들을 걱정한다. 그런데 우연히 보고만 거야. 드래곤이 다 죽어가면서도 꼬리를 뒤흔들어 바위에 깔리려는 소녀를 구해주는 거지!'

만년필이 쉬지 않고 움직이면서 메모장을 채워갔다.

재건은 계속해서 작은 메모장을 넘기며 떠오르는 전개들을 쏟아내고 있었다.

'주인공은 문득 깨닫는 거야. 자신을 모함한 동료들을 비롯해 수많은 사람이 드래곤을 오해하고 있었다는 사실을. 그리고 드래곤의 날개에 박힌 저주의 인장을 뽑아주고 함께 처형장에서 탈출한다……. 여기까지 도입부!'

재건의 숨결은 거칠었고 심장은 터질 것처럼 뛰었다. 무서우리만치 강렬한 희열이었다.

쓰고 싶은 이야기를 써낼 때가 아니면 좀처럼 생겨나지 않는 설렌 감각. 이런 감각이 좋아서 애초에 작가가 되었던 것이다.

'여기서 주인공과 드래곤은 계약을 하게 되는 거다. 주인공의 목적은 남몰래 연모했던 공주와 왕국의 백성들을 구해내는 것. 드래곤의 목적은 빼앗긴 자신의 둥지를 되찾는 것. 그래, 이걸로 계약 성립이다!'

재건이 머리 위로 주먹을 불끈 쥐면서 씩 웃었다.

이제 막 그의 옆 테이블에 앉았던 두 여자가 창백해진 안색으로 자리를 옮기고 있었다.

'자, 계약을 했으니 드래곤을 탈 수 있는 건 주인공뿐이다. 드래곤은 워낙 강한 존재니까 핸디캡을 줘야겠지. 저주 때문에 힘이 약해졌다거나 하루 중 1시간 외에는 힘을 쓸 수 없다거나…….'

시간의 흐름을 인지하지 못한 채로 전개가 계속되었다.

1권을 지나 2권, 3권, 4권…….

방대한 대서사시가 탄탄하게 구축되어 가고 있었다.

재건이 미처 깨닫지 못하고 있는 것은 시간의 흐름만이 아니었다. 자신이 지금 사용하고 있는 펜이 서건우의 만년필이라는 사실마저 그는 새까맣게 잊고 있었다.

'어? 몇 시야?'

문득 고개를 들자 창밖에는 어느새 어둠이 깔려 있었다.

핸드폰을 꺼내 보니 벌써 저녁 7시를 넘어가고 있었다.

재건은 얼음이 죄다 녹아서 농도가 옅어진 커피를 한 번에 들이마시고는 카페를 나섰다.

'오늘 집에 들어가자마자 바로 쓰기 시작해야지.'

지하철역으로 향하는 발길이 다급했다.

새로이 쓸 소설로만 가득한 머리는 다른 사고를 할 틈이 없었다. 생각에 열중한 나머지 내려야 할 역도 하마터면 놓칠 뻔했다.

드르륵.

서건우의 무덤이 보일 만큼 집이 가까워질 무렵, 다슬로부터 전화가 걸려왔다. 문자도 아니고 전화를 먼저 걸어오는 일은 없었기에 재건은 조금 의아해하며 통화 아이콘을 눌렀다.

"여보세요?"

-작가 오빠, 뭐 해요?

"볼일 보고 서점 갔다가 집에 들어가고 있어요."

-글쿠나, 저녁 먹었어요? 나 오늘 노래방 일 안 나갈 건데.

"아, 제가 급하게 해야 할 일이 있어서요."

걸음을 늦추지 않으며 재건이 대답했다.

다슬의 제의에 응할 여유가 없었다. 오늘 밤부터 즉시 소설을 쓰기로 마음먹은 상태였다. 저녁도 간단하게 혼자서 해결할 생각이었다.

—술 마시라고 안 할게요. 저녁만 같이 먹어주면 안 돼요?

"오늘은 힘들고 다음 주쯤 한 번 봐요. 그때 제가 맛있는 거 살게요."

—치, 알았어요. 그럼. 아예 연락 끊지 뭐. 막 이래.

"미안해요. 대신 정말로 맛있는 거 사줄게요."

—농담해 본 거예요. 알았어요. 열심히 써요, 오빠.

"네, 다슬 씨도 저녁 맛있게 드세요."

전화를 끊은 재건은 서건우의 무덤을 지나치지 못하고 언덕을 올라 가까이 다가갔다.

어둠에 휘감긴 무덤을 바라보면서 그는 말을 걸었다.

"선배님, 오늘 서점에 다녀왔는데요. 제가 선배님 안경을 쓰고 책을 몇 권을 읽었는지 아세요? 무려 50권이 넘습니다. 2시간 조금 넘게 읽었는데 50권 이후로는 몇 권인지 세지도 못했어요. 1년 독서량 3분의 1 이상을 오늘 하루 만에 채웠습니다. 이게 말이 된다고 보십니까?"

재건은 눈에 들어오는 무덤의 잡풀들을 손으로 제거하면서 말을 이어 나갔다.

"간만에 여러 가지 책을 읽으니까 소설이 구상됐어요. 이제 바로 들어가서 쓰려고요. 판타지예요. 판타지를 쓸 땐 정말 즐거워요. 대학 시절에도 판타지를 쓰는 학생은 저 말고 아무도 없었어요. 이 삭막한 세상에 꿈을 꿀 수 있잖아요. 꿈은 좋은 거잖아요."

살아 있는 지인들에게는 한 번도 꺼내지 않았던 말이다.

서건우의 무덤 앞에서는 속내를 술술 토해내게 되는 재건이었다.

"이만 들어가 보겠습니다. 완성되면 다시 보고드리러 올게요. 편안한 밤 되세요, 선배님."

재건은 허리를 깊이 숙여 인사하고는 돌아서서 언덕을 내려왔다. 고요함에 휩싸인 서건우의 무덤은 집을 향해 작아지는 재건을 끝까지 내려다보고 있었다.

14장
당신 덕분이었습니다

오전 7시 반 전후의 1호선 지하철은 오늘도 만원이었다.

소미는 자그마한 몸을 출입문에 딱 붙이고 서서 가까스로 호흡만 이어가고 있었다.

'내일부터는 30분쯤 더 일찍 나와야겠네.'

운전면허는 있지만 차가 없었다. 덧붙이자면 차를 구입해서 유지할 능력도 소미에게는 아직 없었다.

집안의 도움을 일절 받지 않고 시작한 사회생활이다.

부모님이 운영하는 동해 민박집은 우후죽순으로 생겨나는 펜션들에 밀려 갈수록 사정이 나빠지고 있었다. 스타북스로 직장이 정해지고 나서 얻은 원룸 보증금도 대학 시절 아르바이트를 해서 번 돈으로 직접 충당했다.

드르륵!·

'앗, 누구지?'

코트 주머니에서 핸드폰이 몸을 떨자 소미는 당황했다. 샌드위치처럼 짓눌린 상태였기에 도저히 손을 내릴 수 있는 각도가 나오지 않았다.

다행스럽게도 잠시 후, 역에 도착한 지하철이 문을 열었다.

소미는 등 뒤의 사람들에게 떠밀려 일단 내리면서 핸드폰을 꺼내 들었다. 하재건의 이름이 화면에 떠올라 있었다.

"안녕하세요, 하 작가님. 아침부터 어쩐 일이세요?"

―출근하시는 중이셨어요?

"네, 지금 지하철이에요."

사람들이 전부 내리고 난 지하철에 다시금 몸을 실으며 소미가 대답했다. 조금이나마 한산해져서 숨이 트였다.

―다름이 아니라 신작을 썼거든요.

"네? 신작이요? 차기작 내시려고요?"

―네, 판타진데요. 갑자기 이야기가 떠올라서 소미 씨 만난 날부터 썼어요. 일단 3권 분량까지 메일로 보냈습니다.

"……!"

소미의 두 동공이 놀라움으로 한껏 확대되었다.

재건을 만나 차기작은 어렵겠다는 말을 들은 것이 불과 2주일 전의 일이다. 불과 보름 만에 3권 분량을 써서 보냈다고?

어쩜 매번 이렇게 빨리 써낼 수 있는 건지 아무리 봐도 의문스럽기만 한 소미였다.

-한번 보시고 연락주세요. 작품 괜찮으시다면 전 오늘이라도 뵐 수 있습니다.

"네, 네. 작가님, 알겠습니다. 최대한 빨리 읽어보고 연락드리겠습니다."

-부탁드릴게요. 그럼 끊겠습니다.

전화를 끊고 난 소미는 즉각 핸드폰으로 공용메일함에 접속했다. 재건이 보내온 신작 판타지 소설 3권 분량이 틀림없이 수신되어 있었다.

'제목이 드래곤 라이더? 드래곤을 타는 주인공인가?'

소미는 흥미로 두 눈을 반짝이며 파일을 클릭해 소설을 열었다.

역에서 내린 다음 구름다리를 건너 회사 건물로 부지런히 걸음을 옮기는 내내 시선은 소설에만 머물러 있었다.

'재미있다……!'

30쪽을 넘기기도 전에 소미의 입가에 웃음이 번졌다.

지금까지 재건이 쓴 여타 작품들과는 사뭇 다른 진지한 분위기의 소설이었다. 간결한 문체와 빠른 장면 전환 덕분에 무거운 주제임에도 불구하고 가독성이 상당히 높았다.

'이래서 드래곤 라이더구나. 정말 주인공이 드래곤을 타고

다니네. 근데 참…… 하 작가님 제목 짓는 센스가 좀……. 나만 별로라고 느끼는 건가?'

사무실 앞에 도착해서 지문 인식기에 손가락을 댈 때가 되어서야 소미는 핸드폰에서 시선을 뗐다.

자신의 자리에 의자를 빼고 앉아서는 곧장 컴퓨터로 소설을 이어서 읽기 시작했다.

아무래도 커다란 화면으로 읽는 쪽이 편했다.

"소미 씨, 일찍 나왔네?"

사무실로 들어온 이 대리가 말을 걸어왔다.

소미가 모니터에서 시선을 거두고 돌아보며 화답했다.

"앗, 좋은 아침이요."

이 대리는 소미와 사내에서 가장 가깝게 지내고 있는 여자 동료였다.

수더분하고 친근한 성격의 소유자로 형평성에 어긋나는 행동을 하는 법이 없었다.

덕분에 소미는 자신보다 10살이나 많은 그녀와 무척 편하게 지내오고 있었다.

"근데 이 대리님도 오늘 엄청 일찍 나오셨네요?"

"스타일 파악하기 전까진 한동안 계속 일찍 나와야죠."

이 대리는 하품으로 말을 마무리하며 자신의 자리에 몸을 앉혔다.

그녀가 스타일을 파악해야 한다고 말한 대상은 태원의 빈 자리를 대신하기 위해 온 새로운 편집장이었다.

"맞아, 회식 때 고 대리 너무 웃기지 않았어?"

이 대리가 소미 쪽으로 의자를 빙글 돌려 앉으며 말을 꺼냈다.

"새 편집장한테 엄청 샤바샤바하는 거. 누가 보면 개인 비서라고 생각하겠더라. 일을 좀 그렇게 아첨하는 거 반만큼이라도 열심히 해보든가. 사람이 왜 그러나 몰라."

"우후훗."

"하여간 스타북스도 망조야. 대표님 어쩌려고 이러시나 몰라. 아들에, 딸에, 사위에……. 이러다 손자들까지 직원으로 앉히겠네."

"대리님, 목소리가 조금 크세요."

"뭐 어때요. 어차피 우리밖에 없는데. 에잇, 몰라."

이 대리가 개인 머그컵을 들고 탕비실로 향했다.

소미가 다시 소설을 읽기 시작한 사이, 두 잔의 커피를 타온 이 대리가 한 잔을 내밀며 슬쩍 물었다.

"뭐 읽고 있는 거예요?"

"아, 잘 마시겠습니다. 하재건 작가님 신작이요."

"하재건 작가요? 신작?"

이 대리가 놀랐다는 듯이 양 뺨을 풍선처럼 부풀렸다.

"이계지존록도 아직 완결권 나가려면 멀었잖아? 그거 넘긴 지 얼마나 됐다고 벌써 신작을 썼대?"

"그러게요. 대단하죠? 이 신작도 3권 분량까지 보내오셨어요."

"놀랄 노 자네. 내가 스타북스 포함해서 출판사 이곳저곳에서 7년을 일했지만 이렇게 빨리 쓰는 작가는 처음 봐."

"그렇죠?"

"혹시 개인이 아니라 집단 아니에요? 글공장 차려서 한 10명이 모여서 쓰는 거 아냐?"

"작업실 가 봤는데 그렇진 않았어요. 혼자서 키보드를 불이 나도록 두드리시던데요?"

소미가 웃으며 대답하고는 뜨거운 커피를 한 모금 마셨다. 따스한 커피는 맛과 향 모두 나무랄 데가 없이 좋았다.

"그래서, 이번 건 어때요?"

"이번에도 재밌어요. 제 개인적인 취향으로 따지자면 이번 작품이 가장 재미있는 것 같아요."

"그 정도야? 나도 좀 보여줘요."

"공용메일함으로 보내셨으니까 보시면 돼요."

"오케이."

소미에 이어 이 대리도 자신의 자리에서 재건의 소설을 읽기 시작했다.

“아!”

20분이 채 지나기도 전에 그녀가 탄성 섞인 목소리로 중얼거렸다.

“대박각 섰네.”

“그쵸? 재밌죠?”

“대표님 어깨춤 덩실덩실 추시겠네. 하재건 작가 작품 한두 개 놓쳤다고 권 편집장님 그토록 구박하시더니. 아주 소원성취 하시겠어.”

이 대리의 말은 비꼬는 투가 다분했다.

소미는 쓰게 웃으며 퇴사한 태원의 얼굴을 떠올렸다. 새로운 일을 앞두고 지금 이 순간에도 어딘가에서 고군분투하고 있으리라.

“헉헉.”

8시 반쯤이 되어 고 대리가 사무실에 나타났다.

양어깨를 들썩이며 숨을 가쁘게 몰아쉬는 모습이 뛰어왔음을 짐작케 했다.

그는 소미에게 다가와서는 다짜고짜 물었다.

“소미 씨, 지금 뭐 해요?”

“하재건 작가님 신작 읽고 있어요. 대리님도 보시겠어요?”

“하 작가님 신작? 아니, 지금 그게 문제가 아니고. 소미 씨, 식물 좀 볼 줄 알아?"

"식물이요? 왜요?"

소미가 의아한 표정으로 되물었다.

고 대리는 허둥지둥 가방을 풀어 내리며 대답했다.

"편집장님이 문자를 주셨더라고. 사무실 주위가 너무 단조롭고 건조하다고 화분이라도 몇 개 가져다놓으면 좋지 않겠냐고 하시네. 소미 씨, 여기 근처에 꽃집이 어딨지?"

사태를 파악한 소미가 망연자실해져 입을 다물었다.

이 대리는 자기 자리에서 모니터 화면으로 얼굴을 향한 채 헛웃음을 작게 터뜨리고 있었다.

"나랑 좀 같이 가지? 내가 화분을 볼 줄 모르니까 소미 씨가 같이 좀 가주면 안 될까?"

"하지만 이제 곧 업무 시간인데요."

소미가 어렵겠다는 듯이 대답하자, 고 대리는 짐짓 엄숙한 척 두 눈을 치켜뜨더니 허리를 펴고 섰다.

"소미 씨, 새 편집장님의 화분을 사러 가는 거야. 이건 엄연히 업무에 포함되어 있는 거라고. 자, 어서 일어나요."

난처해진 소미를 구원하듯 이 대리가 나섰다.

"고 대리님, 어떻게 화분 사러 가는 게 업무예요? 그리고 얘기 들어보니 편집장님이 출근 때까지 화분 사다 놓으라고 말씀하신 것도 아니네, 뭘."

"네? 아, 물론 그건 그렇지만……."

고 대리가 말끝을 흐리며 두 눈알을 이리저리 굴렸다.

이 대리는 그가 회사에서 가장 어려워하는 사람 중 하나였다. 사사건건 제동을 걸어오는데 따지고 보면 틀린 말은 하나도 없어서 매번 항의를 할 수가 없었다.

"지금 소미 씨 바빠요. 하재건 작가님 신작 말고도 일이 쌓였어요. 꽃집은 옆 건물 1층에 있으니까 정 급하시면 고 대리님이 직접 다녀오세요. 꽃집 주인이 괜히 있겠어요? 어떤 화분이 좋은지 추천해 주겠죠."

"으, 으음…… 듣고 보니 그렇기도 하네요. 그럼 제가 알아서 사오는 걸로……."

할 말이 궁색해진 고 대리가 지갑만 챙겨 들고 황망히 사무실을 나섰다.

이 대리는 소미에게 한쪽 눈을 찡긋해 보이고는 자신의 모니터로 얼굴을 되돌렸다.

'어떡하지……?'

이 대리의 말을 듣고 난 뒤부터일까.

태원에 관한 생각이 소미의 머리에서 떠나질 않았다.

재건의 소설은 분명히 재미있었지만 현실의 문제가 집중을 방해하고 있었다.

'아직도 하 작가님한테 말씀을 안 하신 걸까? 직접 말하겠

다고 하셔놓고 대체 왜? 사정을 알면 하 작가님은 분명 권 편집장님 쪽으로…….'

스타북스의 직원으로서 품어서는 안 될 생각이다.

태원은 이미 회사를 떠났다. 이것은 회사의 이익에 반하는 사고방식이다. 그런 것쯤은 당연히 자각하고 있는 소미였다.

"하재건 작가 작품?"

등 뒤에서 나직이 목소리가 들려왔다.

소미가 찬물을 뒤집어쓴 사람처럼 화들짝 상념에서 깨어나 돌아보았다.

새로운 편집장 박경욱이었다.

허리를 굽힌 채 소미의 모니터를 들여다보는 중이었다.

"오, 오셨어요. 편집장님."

"얼마나 재미있기에 제가 서 있는 줄도 몰랐어요? 저 소미 씨 등 뒤에 한참이나 서 있었어요."

경욱은 제 아버지인 박재국 대표와 꼭 닮았다.

나이는 이제 30대 중반.

체구는 건장했고 생김새도 남성적인 인상이 강렬했다.

"죄송합니다……. 잠깐 생각을 하고 있었어요."

소미는 경욱의 농담에 웃는 대신 나직이 대답했다.

그녀는 이 새로운 편집장이 불편했다.

항시 입가엔 미소가 걸려 있으면서도 결코 웃지 않는 두 눈. 표정과 속내가 다른 느낌이 영 거북했다.

“하재건 작가 신작 맞죠? 어때요?”

“아, 네. 재미있습니다. 2권 조금 넘게 읽었는데 구성도 탄탄하고 아주 좋아요.”

“그래요? 그럼 연락해 봐요. 오늘이라도 괜찮으니까 자리 만들어요. 직접 만나서 하고 싶은 얘기도 있고. 하재건 정도면 내가 직접 만나봐야지.”

“네…… 알겠습니다.”

경욱은 그렇게 말하고는 핸드폰을 꺼내 어디론가 전화를 걸며 사무실을 빠져나갔다.

그가 사라지기 무섭게 이 대리가 의자를 끌어와 소미에게 다가왔다.

“직접 만난다는 거 보니 전속 계약 제의하려고 하는 거겠지?”

“그럴지도요. 저도 잘 모르겠어요. 권 편집장님 제의에도 하 작가님은 거절하셨었는데.”

“낙하산으로 들어왔단 소리 듣기 싫어서 점수 좀 따려는 거겠지. 하재건 작가만 손에 넣어봐. 편집장 생활 시작부터 어깨에 힘 팍팍 들어갈 거 아냐.”

문득 시선을 아래로 내리깐 이 대리가 소미의 다리를 손가락으로 가리켰다.

“소미 씨, 스타킹 올 나갔다.”

“네? 어머.”

이 대리의 말대로였다.

검은 스타킹으로 싸인 왼쪽 허벅지 안쪽에서부터 무릎 옆까지 새하얀 빈틈이 직선으로 생겨나 있었다.

“새 건데, 어디서 올이 나갔지?”

“내 거 하나 줄게.”

“고맙습니다. 이따가 같은 걸로 사다드릴게요.”

“점심 먹고 아이스크림이나 사. 갈아 신고 와.”

화장실로 걸음을 내딛는 소미의 마음에서 불안감이 증폭되고 있었다.

아침부터 새 스타킹의 올이 나가다니.

미신을 믿는 성격은 아니었지만 이상하리만치 불길한 예감이 엄습해 왔다.

화장실에 들어선 소미는 문을 잠그고 변기에 앉았다.

작은 두 손으로 핸드폰을 꼭 쥐고서 고민한 끝에 그녀는 결정을 내리고 재건에게 전화를 걸었다.

—네, 소미 씨.

“하 작가님, 드래곤 라이더 2권까지 읽어봤어요. 이번 작품은 특히나 더 좋았어요.”

—소미 씨가 그렇게 말해주니 이번엔 권당 만 부도 나가겠네요.

"제 감상은 관계없어요. 작품이 좋으니까 성적도 좋을 거예요. 그리고, 작가님. 오늘 저녁 시간 괜찮으세요?"

—네, 오늘이라도 상관없다고 아까 말씀드렸잖아요. 어디서 뵐까요? 구로가 편하죠? 권태원 편집장님도 나오시죠? 요즘 너무 바쁘신 거 같아요. 얼굴 잊어버리겠어요.

재건의 기분 좋은 웃음소리가 귓가를 간질였다.

그러나 소미는 웃을 수가 없었다.

어째서 태원이 지금까지 자신의 상황을 밝히지 않았는지 이유는 모른다. 하지만 어쨌든 더 늦기 전에 이 사실을 알려줘야만 한다.

재건의 웃음이 잦아지기를 기다린 끝에, 그녀는 작은 목소리로 말을 이었다.

"하 작가님, 드릴 말씀이 있어요."

—네, 말씀하세요.

"권태원 편집장님…… 퇴사하셨어요."

BIG LIFE

"하하하, 이거 정말 만나 뵙게 돼서 반갑습니다. 박경욱이라고 합니다."

"네, 저도 반갑습니다."

아름다운 꽃무늬 자수가 사방에 새겨진 고급 일식집의 방 안이었다.

새로운 편집장 경욱과 고 대리가 한쪽에, 재건과 소미가 그 맞은편에 나란히 앉아 있었다.

"이 가게 회가 참 좋습니다. 특사시미 한번 드셔보시면 또 생각나실 겁니다. 비싼 값을 합니다."

1인당 15만 원을 호가하는 코스 요리가 오늘의 메뉴였다.

경욱이 나름대로 신경을 써서 고른 자리였다.

스타북스에서 가장 잘 팔리고 있는 하재건이란 작가를 향한 예우이기도 했다.

보통 작가라면 이런 곳에서 만나지 않는다.

아니, 애초에 직접 만나러 나오지도 않았다.

"실례하겠습니다."

기모노를 입은 여직원 둘이 들어와 주 요리에 앞서 상을 차렸다. 전복죽과 해삼내장 등등의 간소한 음식들이 상 위에 깔렸다.

슬금슬금 눈치를 보고 있던 고 대리가 술병을 집어 들었다.

경욱은 눈빛으로 그를 제지하더니 술병을 슬그머니 자신의 손으로 낚아챘다.

"한 잔 받으시겠습니까?"

경욱이 술병을 내밀며 권했다.

재건은 두 손으로 잔을 들어 술을 받았다.

마음 편하게 술을 마실 자리는 아니었지만 예의상 딱 한 잔은 마실 생각이었다.

"제가 편집장으로서 아직 실무 경험이 부족합니다. 그래서 고 대리와 소미 씨를 동석하게 했습니다. 다소 불편하시더라도 이해해 주시면 감사하겠습니다."

경욱의 말이 일순 재건을 어이없게 만들었다.

자신의 부하 직원인 고 대리와 소미의 기분은 안중에도 없는 경솔한 발언 아닌가.

나오는 대로 내뱉는 걸 보니 스스로 인정하듯 실무 경험이 부족한 사람이 맞구나 하고 재건은 생각했다.

"하 작가님의 신작을 읽어봤습니다. 이번에도 참 좋은 작품이었습니다. 작가님과의 인연은 저희 스타북스에게 대단한 행운입니다."

"예전 작품들도 좋았다는 말씀이신가요?"

"하하하. 네, 물론이죠."

"어떤 부분이 좋으셨습니까?"

"네?"

경욱의 얼굴이 미소를 띤 그대로 멈췄다.

재건이 물을 한 모금 홀짝이고는 컵을 내려놓으며 덧붙였다.

"이번 신작의 어떤 부분이 좋으셨던 건지 궁금합니다."

"으음, 네. 그러니까 전체적으로 막힘이 없고…… 음, 기승전결이 또렷하고 또…… 엄청났습니다. 네, 그렇죠."

"그러셨군요."

재건이 희미하게 웃으며 고개를 끄덕였다.

자신의 작품을 전혀 읽지 않았다는 걸 표정만으로 이미 짐작하고 있었다.

경욱이 나오지도 않는 헛기침을 억지로 한두 번 하고는 입을 열었다.

"그래서 아무튼 그, 하 작가님 신작 말입니다만, 이번엔 계약에 앞서 다시 말씀드리고 싶은 부분이 있습니다."

"우선 웹툰 이야기부터 해주시면 안 될까요?"

"웹툰…… 이요?"

"코믹KT에서 현대지존록을 웹툰화하기로 한 일이요. 그게 더 먼저의 일이니까 일단 웹툰 이야기부터 하고 싶습니다."

"아아, 네. 그건 잘 진행되고 있습니다. 그렇지요, 소미 씨?"

경욱은 곤혹이 내비치는 눈길로 소미에게 바통을 넘겼다.

실상 그는 자세한 업무나 관련된 진행 상황에 관해서는 거의 모르고 있었다. 어쩔 수 없이 소미는 재건에게 이미 했던 얘기를 반복해야만 했다.

"그림 작가랑 콘티 작가 조율하는 중입니다. 길면 일주일에서 열흘 정도까지는 걸릴 것 같습니다."

재건이 납득했다는 듯한 표정으로 천천히 고개를 끄덕였다. 곁눈으로 그의 기색을 살피는 소미의 의구심은 커져만 가고 있었다.

이미 다 들어서 알고 있는 웹툰 진행 상황을 굳이 이 자리에서 다시 묻는 이유가 뭘까.

'대체 무슨 생각이시지, 하 작가님은…….'

재건이 이 자리에 나온 이유도 소미는 궁금했다.

통화로 태원이 퇴사했다는 사실을 분명히 알렸다.

그녀가 아는 재건이라면 스타북스와의 약속을 미루고 태원에게 먼저 연락을 했을 터다.

그러나 소미는 하나만 알고 둘은 몰랐다.

웹툰에 대한 질문은 재건이 이 자리에 나온 표면적인 이유에 지나지 않는다는 것을.

진짜 이유는 다른 그 무엇도 아닌 자기 자신, 정소미 때문이라는 것을.

실상 이것은 재건의 입장에서 스타북스 직원인 소미에게 해줄 수 있는 마지막 배려였다.

전담 편집자였던 그녀가 깨지지 않도록 새 편집장을 대면하고 직접 말할 생각으로 이 자리에 나온 것이다.

사위에 정적이 흘렀다.

경욱은 조금이라도 재건에게 점수를 따낼 생각으로 웃음

을 삐물고 입을 열었다.

"저는 하재건 작가님의 작품을 있는 그대로 지지합니다. 자유롭게 창작 활동을 이어가실 수 있도록 최선을 다해 지원하겠습니다. 전속 계약을 하시지 않더라도 말입니다. 예전 편집장은 다소 깐깐했었죠? 많이 고생하셨을 겁니다. 그, 고 대리. 이름이 뭐였지?"

"네, 권태원이었습니다."

"그래요, 권태원 씨. 우리 아버지…… 아니, 대표님 밑에서 오래 일한 사람이죠. 지나치게 깐깐하고 작가들에게 간섭을 많이 해댔다죠? 그러니까 어디 작가들이 좋아하겠어요? 자질이 없는 친구였어요. 이제 제가 편집장을 맡은 이상 한결 집필 활동 편해지실 겁니다. 적극적으로 밀어드리겠습니다. 당연히 밀어드려야죠."

듣는 소미가 무안해져 두 손으로 주먹을 꾹 쥐고 싶을 정도였다.

신출내기 말단 직원인 그녀의 눈에도 훤히 보였다. 일머리도 없고 인성도 얕다.

부족한 면을 만회해 보려는 푼수조차도 모자란 풋내기다.

이런 아들을 편집장 자리에 앉힌 대표님의 처사가 도무지 이해가 가지 않았다.

진심으로 스타북스의 미래를 걱정하며 소미는 고개를 수

그리고 말았다.

"……."

재건은 무표정한 얼굴로 또 한 모금의 물을 마시고 있었다.

그러고는 잠시 후.

고개를 들어 경욱을 직시한 채 담담히 말했다.

"권태원 편집장님 덕분이었습니다."

"……네?"

경욱이 미간을 좁히고 고개를 갸우뚱해 보였다.

옆에 벗어두었던 옷가지로 손을 뻗으며 재건은 말을 이었다.

"제 소설이 흥행할 수 있었던 건 권 편집장님의 피드백 덕분이었습니다. 저 혼자만의 힘으로 대박을 친 게 아닙니다."

고 대리의 안색이 먼저 창백하게 질려갔다.

뒤를 이어 경욱의 얼굴에서도 핏기가 빠져나가고 있었다. 아무렇지도 않은 듯이 자리에서 일어난 재건은 허리를 숙이며 인사했다.

"속이 더부룩해서 식사를 하지 못할 것 같습니다. 정말 죄송하지만 먼저 실례하겠습니다."

"자, 작가님? 하재건 작가님, 자, 잠시만요."

얼이 빠져 있던 경욱과 고 대리가 뒤늦게 정신을 차리고 튕기듯이 일어섰다.

재건은 벌써 신발을 신고 출입문을 통과한 뒤였다.

방 안에 홀로 남은 소미는 이마를 싸맨 채 벌어진 입을 다물지 못하고 있었다.

'하, 하 작가님?'

소미도 가만히 있을 수가 없어졌다.

그녀는 종업원에게 양해를 구하고 신발을 신었다.

스타북스는 이 가게의 단골이자 확실한 고객이기에 그녀가 제지를 당하는 일 따윈 없었다.

"뭐야, 그새 어디로 사라졌지?"

"전화도 안 받는데요?"

경욱과 고 대리는 건물 앞 도로에서 두 눈에 불을 켜고 사방을 두리번거리고 있었다.

인파로 물든 밤의 거리에서 재건의 모습을 찾아내기란 쉬운 일이 아니었다.

"고 대리, 내가 뭐 잘못한 거 있어요?"

"아, 아니요. 편집장님이 무슨 잘못을 하셨겠습니까. 하 작가님이 오늘 기분이 영 좋지 않은 날인가 봅니다. 작가들은 뭐 짜증나면 예민해지고 그런 거 있잖습니까."

계단을 내려온 소미가 그들 앞에 섰다.

날아드는 두 사람의 시선을 한 몸에 받으며 그녀는 일단 말했다.

“지하철역으로 한번 가 볼게요.”

“그래요, 소미 씨. 찾으면 잘 설득해서 데리고 와요. 이것 참, 이게 무슨 난리야? 고 대리, 우린 저쪽으로 가 봅시다.”

경욱이 목을 죄는 넥타이를 풀며 고 대리와 함께 길 저편으로 향했다.

그들의 모습이 작아져 보이지 않게 될 즈음 소미의 핸드폰이 진동하기 시작했다.

“하 작가님!”

–죄송해요. 조금 놀라셨죠?

“조금이 아니라 많이 놀랐어요. 지금 어디세요?”

–택시 탔어요. 마음이 급해서요.

소미는 더 말하지 못하고 입을 꾹 다물었다.

어째서 마음이 급한지, 지금 재건을 태운 택시가 어디로 달려가고 있는지 이미 다 알 것 같았다.

–소미 씨?

“……듣고 있어요, 작가님. 말씀하세요.”

–제가 소미 씨 난처하게 만든 건 아니죠?

“그런 거 없어요. 전혀 없어요. 그리고 왜 제 걱정을 하세요. 작가님 작품과 작가님에 대한 걱정을 하셔야죠.”

–저는 뭐, 일 없어요. 소미 씨만 괜찮으시다면 그걸로 됐습니다.

“그게 무슨……?”

소미가 되묻다 말고 말끝을 흐렸다.

뇌리 어딘가를 배회하고 있던 어렴풋한 짐작이 또렷해지는 듯한 느낌이었다.

‘혹시…… 저 때문에?’

차마 입 밖으로 끄집어낼 수는 없는 물음.

어긋난 퍼즐 조각이 제자리를 되찾고 있었다.

신기하리만치 간단하게 재건의 행보가 이해되기 시작했다.

그래서 또 새로운 의문이 생겨나는 소미였다.

일개 신입 편집자인 내가 뭐라고 이렇게까지 마음을 써주는 걸까.

–전담으로 저 맡아주시느라 고생 많으셨습니다. 제가 언제 한번 맛있는 거 쏘겠습니다.

소미는 찡해져 오는 코끝을 손가락으로 꾹 누르며 웃었다.

아무리 생각해도 재건에게 해준 것이 없었다. 재건 때문에 고생을 한 적도 없었다. 작가는 언제나 좋은 사람이었고 작품은 손을 댈 곳이 없을 정도로 항시 완벽했다.

이제 하재건이라는 작가와는 업무적으로 인연이 끝났다.

스타북스를 그만두지 않는 이상 두 번 다시 그의 소설을 편집할 일은 없을 것이다.

밤하늘을 향해 소미가 고개를 들었다.

서늘한 공기를 가슴 깊이 들이마시며 심호흡을 하자 기운이 되돌아왔다. 그녀는 평소의 목소리를 되찾고 씩씩하게 대답했다.

"완전 비싼 거 얻어먹을 테니까 대박 나셔야 해요."

–당연하죠. 지존록 3부작 합친 것만큼 터뜨릴 겁니다.

"기대하고 있을게요. 조심해서 들어가세요."

–소미 씨도요.

전화를 끊고 난 소미가 돌아섰다.

어깨를 활짝 펴고 걸어가는 그녀의 뒷모습이 인파 속으로 삼켜졌다.

비로소 재건은 건물의 틈새에서 빠져나와 택시를 잡아 탔다.

BIG LIFE

-미안합니다, 권 대표님. 유료 연재는 종이책과 호흡이 달라서 다시 생각해 보니 영 자신이 없습니다. 이번엔 그만두겠습니다.

-권 대표님이 하시는 매니지먼트랑 꼭 계약하고 싶었는데요. 전작을 낸 출판사와의 관계도 있고 해서요. 다음에 또 기회가 있다면 그때 다시 대화를 나눠보고 싶네요. 죄송요.

-역시 안 되겠습니다. 엊그제 뵈었을 때도 말씀드렸지만 아직은

권 대표님 매니지먼트에 신뢰감이 없습니다. 권 대표님의 실력을 의심하는 건 아닙니다. 다만 이제 시작이시고, 제가 뭔가 참고할 만한 데이터가 없으니 상당히 불안해요. 첫 스타트를 끊는 건 다른 작가분에게 양보해야겠어요.

"후우……!"

돌처럼 무거운 한숨이 저절로 흘러나왔다.

피로를 이기지 못하고 초저녁부터 낮잠을 자다가 일어난 태원은 눈앞이 암담했다.

믿고 있었던 작가 3명이 연달아 거절의 메시지를 보내왔다.

맥 빠진 몸이 축 늘어지고 있었다.

"또 잘 안 됐어?"

다른 컴퓨터에서 인디자인 프로그램으로 표지 샘플을 만지작거리던 여자가 물었다.

태원의 아내 신동미였다.

"아무래도 다들 겁나나 봐. 작품 하나 낸 게 없는 완전 신생 업체니까."

"너무들 한다. 당신이 지금까지 해준 게 있을 텐데."

"그런 거 생각하고 기대하면 더 힘들어. 지나간 일들은 잊어버려야지."

오히려 태원이 동미의 어깨를 다독이며 위로해 주었다.

동미는 착잡한 표정으로 휑한 거실을 돌아보고 있었다. 두 아이는 한동안 자리가 잡힐 때까지 친정에서 봐 주기로 돼 있었다.

"있잖아."

"응?"

"그…… 하재건 작가님에 대해선 왜 일언반구도 없어?"

남편의 신중한 성격을 알기에 동미는 지금껏 참고 기다렸다. 그리고 이제는 더 이상 기다릴 수가 없게 되어 질문을 던진 참이었다.

"마음 잘 맞는다면서? 글 잘 쓰고 사람도 괜찮다고 당신이 입에 침이 마르도록 칭찬하고 그랬잖아. 끝까지 같이 가고 싶다고 말했었잖아."

태원은 대답하지 못하고 멀거니 색 바랜 형광등을 바라보았다.

퇴사 직전 스타북스 대표 재국으로부터 들은 말이 여전히 귓가에 맴돌고 있었다.

"작가 빼돌릴 생각은 말게. 특히 하재건. 이 바닥 필명으로 내봤자 금세 드러나는 거 모를 사람도 아니고. 우리 유종의 미는 거둬야지. 퇴직금 외에 석 달 치 월급 더 챙겨줬어. 생활비 빠듯하지? 유용하게 쓰고, 잘 해나가길 바라겠네."

이것이 재건에게 연락을 하지 못하고 있는 이유였다.

자신이 퇴사했다는 사실을 알게 되면 재건은 스타북스와 일하지 않을지도 모른다.

이것만으로도 난처한 상황이 발생할 소지가 다분하다.

스타북스의 영향력은 막강하고 장르 소설 각계에 걸쳐 인맥 또한 넓다. 심기에 거슬리는 행동을 했다가는 매니지먼트의 영업력에 그 어떤 심각한 피해를 받게 될지 모르는 일이다.

매니지먼트는 계약한 작가의 작품을 최대한 많은 마켓을 통해 팔아야 한다.

이것이 이제부터 태원이 해야 하는 일이다. 그런데 시작부터 물건을 올려놓을 판매대를 잃어버리게 된다면?

그 끝은 낙오자이자 무일푼의 지옥이다.

"어디 가?"

옷을 챙기는 태원을 보고 동미가 물었다.

돌아보지도 않고 신발을 신으면서 태원은 대답했다.

"잠깐 산책 좀. 바람 쐬고 올게."

태원은 엘리베이터를 타고 1층으로 내려왔다.

어느새 입은 담배를 물고 있었다.

아내 몰래 한 개비 피우려는 것이 이 산책의 목적이었다.

드르륵!

그때 주머니 속의 핸드폰이 몸을 떨었다.

태원은 작가 중 누군가가 생각이 바뀌어 전화를 걸어온 게 아닐까 기대하며 재빨리 핸드폰을 꺼내 들었다.

"……!"

화면에 뜬 이름 하재건을 본 순간 그는 그 자리에서 얼어붙었다.

드르륵! 드르륵! 드르륵!

손안의 진동은 계속되고 있었다.

그러나 태원은 도저히 전화를 받을 수가 없었다.

지금 당장 할 수 있는 말이 무엇이 있을까.

어떻게 재건과 대화를 이어가야 할지 단 한 줄의 문장조차 떠오르지 않았다.

바로 그때.

"핸드폰이 아니라 안마기인가 보죠?"

태원의 가슴이 철렁 내려앉았다.

등 뒤에서부터 들려오는 목소리가 너무도 낯익었다.

"아, 편집장님이 아니신가 보다. 제가 사람을 잘못 본 것 같습니다. 정말 죄송합니다. 이거 실례했습니다. 이러고 돌아가면 될까요?"

태원이 천천히 몸을 돌려세웠다.

눈앞에 서 있는 사람은 재건이었다.

귀에 핸드폰을 들이댄 채로 입가엔 짓궂은 웃음을 흘리고 있었다.

"하 작가님……? 여긴 어떻게…… 오셨어요?"

어지간한 일에는 놀라는 법이 없는 태원이 당황하고 있었다.

재건은 핸드폰을 주머니에 집어넣고는 주변을 두리번거리며 대답했다.

"전에 여기 주공 사신다고 말씀하셨잖아요. 단지까지는 제가 기억을 하고 있었죠. 전화 안 받으려고 하셨던 것 같은데, 타이밍 기막히게 좋죠? 운 나빴으면 못 뵙고 그냥 돌아갈 수도 있었겠네요."

"아, 작가님. 오해하지 마시고, 이건 제가 안 받으려던 게 아니라 잠깐 생각을 좀 하느라고 그랬어요. 약간 머리가 복잡한 일이 있어서……."

재건이 이맛살을 가볍게 찌푸리며 손사래를 쳤다.

"편집장님답지 않게 왜 그러세요. 전 괜찮습니다. 그것보다 메일 한번 확인해 보시겠어요?"

"메일이요?"

"네, 편집장님 개인 메일이요."

재건의 손가락이 태원의 핸드폰을 가리키고 있었다.

태원은 얼떨떨한 표정으로 핸드폰을 조작해 자신의 메일에 접속했다. '드래곤 라이더'라는 제목의 판타지 소설 초고 3권 분량이 수신되어 있었다.

"하 작가님, 이건……?"

뻔히 알면서도 그렇게 물을 수밖에 없는 태원이었다.

먹먹해진 가슴으로는 뒷말을 잇기가 어려웠다.

근간 수많은 작가에게 목이 부러지도록 고개를 조아리고 다녔다. 최선을 다할 테니 믿고 작품을 맡겨 달라고 애원을 거듭했었다.

하지만 응하는 이는 없었다.

잘 팔리는 작가건 안 팔리는 작가건 관계없이 모두가 저마다의 이유를 내세워 제의를 거절했다. 이제 갓 매니지먼트를 설립한 태원을 믿고 따라와 준 작가는 아직까지 한 사람도 나타나지 않았다.

그런데…….

부르지도 않은 재건은 스스로 찾아왔다.

이제 더 이상 밑바닥도 아닌 최상위권으로 돌입할 만큼 주가가 솟구친 작가가 직접 자신의 신작을 들고 퇴사한 전 편집장의 집까지 찾아온 것이다.

"신작입니다. 빨리 읽어보시고 피드백 주세요."

"하 작가님……."

태원의 입에서 흔들리는 한숨이 길게 새어 나왔다.

재건의 이러한 인성을 알기에 지금껏 입을 다물고 있었다. 퇴사한 사실을 알리는 것마저 차일피일 미룬 끝에 지금에 이르렀다. 자신과의 계약으로 재건이 손해를 입게 되는 것은 결코 바라지 않았기에.

"여기까지 찾아왔는데 그냥은 못 돌아갑니다."

허리를 구부린 채 운동화 끈을 고쳐 묶으며 재건이 말했다.

"피드백 받아서 돌아갈 겁니다. 일찍 주무시고 싶으시면 지금부터라도 속독하셔야 할 겁니다."

태원의 두 눈이 핸드폰 위로 느릿하게 내리깔렸다.

시야가 흐려져서 글자를 읽기가 어려웠다.

안경 틈으로 손가락을 밀어 넣으며 태원은 대답했다.

"그렇게 말씀하시니 빨리 읽어봐야죠. 이것 참, 이번에도 정말 빨리 쓰셨네요."

"제가 올해 정말로 포텐이 터지는 거 같습니다."

허리를 펴고 선 재건이 씩 웃어 보였다.

그다지 멀지 않은 가로등 너머 저편에 아파트 상가가 자리하고 있었다. 손을 뻗어 그곳을 가리키며 재건은 말했다.

"편집장님, 저 아직 저녁 못 먹었는데. 편집장님도 안 드셨으면 저기 가시죠. 1층에 호프집 있네요."

"아…… 네, 작가님. 가시죠."

태원이 일단 핸드폰에서 눈을 떼고 앞장섰다. 집중해서 글을 읽을 수 있는 장소가 필요한 참이기도 했다.

"뭐 드시겠어요? 작가님 드시고 싶은 걸로 고르세요."

"치킨 어떠세요? 제일 만만한데요."

"저는 좋습니다."

"여기요. 후라이드 하나 하고, 음……."

재건이 주문하다 말고 태원을 돌아보며 물었다.

"오백 하나씩만 할까요?"

"좋지요."

"오백 두 잔도 주세요."

치킨이 나오기에 앞서 주문한 맥주 두 잔이 나왔다.

재건이 맥주를 입가로 가져갔고 태원은 소설을 읽기 시작했다. 은빛 안경 너머 그의 두 눈은 어느새 편집장다운 광채를 발산하고 있었다.

"치킨 나왔습니다."

재건이 500cc의 맥주를 절반가량 비울 즈음 치킨이 나왔다.

소설에 몰입한 태원은 고개 한 번 들지 않았다. 입도 대지 않은 그의 맥주에서는 끊임없이 김이 빠져나가고 있었다.

"여기 오백 하나만 더 주세요."

또 한 잔의 맥주가 재건의 앞에 놓였다.

그사이 태원도 1권을 전부 읽고 2권으로 돌입했다.

30분이 지나고 다시 1시간…….

두 사람 사이에는 한마디 말도 오가지 않고 있었다.

어느덧 2시간이 지났을 무렵.

"잘 읽었어요."

3권까지 전부 읽고 난 태원이 웃는 얼굴로 고개를 들었다.

걱정 반 기대 반의 표정으로 기다리고 있던 재건은 뜸도 들이지 않고 즉각 물었다.

"어떠셨어요? 괜찮은 것 같으세요?"

"우선 재미있어요."

태원의 첫마디가 재건을 불안하게 만들었다. 재미있다는 이 짧은 한마디가 칭찬의 전부라는 걸 짐작했기 때문이었다.

애초에 그가 아는 태원은 불필요한 칭찬을 남발하는 사람이 아니다.

'우선? 그렇다면 이제부터는 단점만 줄줄이 사탕이겠군.'

적어도 판타지와 무협에서만큼은 가장 신뢰하는 안목의 소유자다.

긴장해서 맥주를 들이켜는 재건 앞에서 태원은 세 손가락을 들어 보였다.

"세 가지 문제가 있어요."

"크, 많네요. 말씀해 주세요."

"가벼운 것부터 이야기할게요. 우선 드래곤 라이더라는

제목이 영 별로인 것 같아요. 제가 알기엔 다른 작가분이 쓴 같은 제목의 판타지도 있고요."

태원을 따라 재건도 킥킥거리며 웃었다.

제목이야 더 좋은 걸로 바꾸면 되니 문제랄 것도 없었다.

재건은 두 눈을 빛내며 나머지 두 문제가 무엇인지를 채근했다.

"두 번째는…… 일단 하 작가님, 제가 만든 매니지먼트가 유료 연재 위주로 서비스하려는 건 아시죠?"

"네, 그럼요."

"5,500자 전후의 짧은 글을 연속적으로 연재하는 거잖아요. 그렇다 보니 종이책과는 호흡이 다르죠. 가능하면 매 편 기승전결 구조를 갖춰줘야 하고, 드라마처럼 다음 편이 궁금하도록 끝 부분도 신경을 써야 하고요."

"으음, 네. 알아들었습니다."

재건이 고개를 끄덕이며 대답했다.

유료 연재의 호흡에 맞춰 소설을 수정하면 되는 것이다.

최근 들어 다른 작가들의 유료 연재소설을 꽤 읽어왔기에 제대로 수정할 자신감은 있었다.

"마지막 문제는 뭐죠?"

재건의 물음에 태원은 바로 대답하지 못했다.

세 번째는 정말로 심각한 문제였다.

말하기에 앞서 태원은 목울대를 울리며 김빠진 맥주부터 절반 가까이 마셨다.

“사실 퇴사하면서 작가를 빼돌리지 말라는 경고를 받았습니다.”

태원이 우회하지 않고 본론을 토해냈다.

이제는 숨겨서 될 일이 아니다.

자신을 믿고 여기까지 찾아온 재건이다.

여기서 더 숨기는 건 그를 농락하는 일밖에 되지 않는다. 그렇게 생각하며 태원은 또박또박 말을 이었다.

“스타북스는 하 작가님을 놓칠까 봐 염려하고 있어요. 저와 계약하시면 하 작가님께 피해가 생길지도 몰라요.”

“그 피해라는 게 정확히 어떤 거죠?”

“마케팅을 방해할지도 모릅니다.”

태원이 잘라 말했다.

“문피앙이나 조아요 같은 연재 사이트에서는 마케팅을 굳이 안 해도 괜찮습니다. 시스템이 상당히 공정하게 구축되어 있거든요. 재미만 있다면 독자들이 얼마든지 읽어준다는 얘깁니다.”

“으음, 네…….”

“하지만 여타 일부 업체에서는 얘기가 달라져요. 애초에 마케팅 없이는 매출이 제대로 나올 수가 없는 구조를 지닌 곳이 많아요. 이런 쪽이 매출이 정말 큰 곳들인데……."

숨도 쉬지 않고 빠르게 말을 마친 태원은 목이 타는 듯이 남은 맥주를 모조리 마셨다.

재건이 손을 들어 맥주 한 잔을 추가로 주문해 주었다.

"배너를 깔 자리가 없다는 둥 다른 매니지먼트 작품들의 프로모션 일정이 빠듯해서 여유가 없다는 둥의 구실을 댈 수도 있어요. 그런 얘기입니다. 이 업계도 다 사람이 하는 일이고 인맥으로 흐름이 결정되는 경우가 종종 있습니다. 지난 일주일 동안 자잘한 업체 담당자들 두루두루 상대하며 영업하느라 술값만 오백 단위로 깨졌습니다."

그 말에 재건은 입을 반쯤 벌렸고 태원은 쓰게 웃었다.

두 사람은 잠시 말을 멈추고 서로의 잔을 부딪쳐 건배했다. 그리고 목이 따갑도록 맥주를 벌컥벌컥 마셨다.

"크으…… 죄송해요, 하 작가님. 부담스러우시게 해서요."

"무슨 말씀이세요. 전혀 그런 거 없습니다."

잔을 내려놓으며 재건이 대답했다.

태원의 말이 끝났으니 이제는 자신의 입장을 꺼내야 할 시점이었다.

"편집장님 생각은 어떠세요?"

"제 생각이요?"

"편집장님이 말씀하신 대로 피해가 발생한다고 치면 그건 저만의 문제가 아니잖아요. 편집장님의 매니지먼트도 타격을 입게 되는 거잖아요. 그래도 저와 계약하실 수 있겠냐고 여쭤보는 겁니다."

"네, 할 수 있습니다."

판이 열렸고 모든 패가 깔렸다.

태원의 대답에는 일말의 망설임도 있을 수가 없었다.

"하 작가님은 제가 모시고 싶습니다. 매니지먼트가 망하게 되는 한이 있더라도요. 물론 그렇게까지 큰일이 벌어질 거라곤 생각하지 않지만요. 왜냐면……."

잠깐의 뜸을 들이고서 태원이 말을 이었다.

"……하 작가님 작품은 재미있으니까요. 재미있는 작품은 무슨 일이 있어도 먹힙니다. 이건 확실해요."

태원이 웃음을 빼물며 잔을 높이 들었다.

거기에 맞춰 잔을 들어 부딪치는 재건도 환하게 웃고 있었다.

"이계지존록 때 못 했던 유료 연재를 결국 이렇게 시작하게 되네요. 잘 부탁드려요."

"저야말로 잘 부탁드립니다. 제가 정말로 잘해볼게요."

"그런 말씀 안 하셔도 편집장님 믿어요. 아니, 이제 대표님이시구나. 호칭이 입에 붙으려면 시간 좀 걸리겠는데요."

"그냥 편한 대로 불러주세요."

“그러고 보니 매니지먼트 이름은 뭐예요?”

“래프북스요. 웃는 일만 있으라고 이렇게 지었어요. 스마일보다 낫죠?”

“아니, 편집장님. 이거 지금 보니까 제 신작 제목이 별로라고 지적하실 계제가 아니지 않나요? 차라리 깔깔북스 어떠세요.”

“왜 그러세요, 진짜. 좋기만 한데요. 사실 제 집사람이 지어준 거예요.”

“흠, 다시 생각해 보니 정말 좋은 이름인 것 같습니다.”

“이야, 반응 급선회. 아무튼 유료 연재가 대세인 이유가 다 있어요. 한번 터지면 수익이 상당히 큽니다. 지금 상태에서 호흡만 잘 맞추세요.”

“네, 최선을 다해볼게요. 그럼 연재는 어디서 시작해요?”

“네이빈 스토어나 문피앙에서 시작하는 게 좋을 거 같아요.”

“알겠습니다. 대표님, 건배하시죠.”

“네, 작가님.”

차갑게 식어버린 치킨과 김빠진 맥주는 전혀 문제가 되지 않았다. 시간 가는 줄 모르고 이어지는 대화 속에서 늦가을의 밤은 점점 더 깊어가고 있었다.

"무슨 일을 이따위로 한심하게 해!"

오늘도 바람 잘 날이 없는 스타북스 출판사 대표실.

출근하자마자 보고를 들은 재국은 목에 핏발을 세우며 고함을 내질렀다.

바로 앞 소파에는 재국의 아들이자 새 편집장인 경욱이 뚱한 표정으로 앉아 있었다. 그 뒤엔 고 대리가 두 손을 앞으로 모으고 서서 벌벌 떠는 중이었다.

"전화도 열 번을 넘게 걸고 고 대리도 하 작가 집까지 보냈다고요. 그래도 안 되는 걸 어떡해요. 저는 할 만큼 했어요, 아버지."

"뭐? 고작 전화 몇 번 넣고 부하 직원 보낸 걸로 할 만큼 해?! 권태원이는 그거 백배 빵빵이를 치더라도 군말 한 번 한 적이 없었어! 고작 그걸로 앓는 소리를 내? 출판사에 몸담은 사람으로서 그 정도 인내심은 갖춰야지!"

그 말에 경욱이 울컥해서 재국을 올려다보며 항의했다.

"그럼 붙잡지 그러셨어요? 왜 퇴사하게 놔두시고 저를 편집장 자리에 앉히셨는데요?"

"너 인마, 대체 나이가 몇 살이야?! 비싼 돈 들여가며 몇 년씩 대학원까지 다녀온 놈이 이렇게 철딱서니 없는 소리를 해?!"

"아, 진짜. 지금 여기서 대학원 얘기는 또 왜 나와요?"

"아니, 이놈이?!"

재국이 두 눈을 까뒤집으며 한 손을 번쩍 들어 보였다.

경욱은 달아오른 얼굴 가득 반항심을 품은 채 자리에서 일어서고 있었다.

"더 하실 말씀 없으시면 갈게요."

"저, 저, 저, 저! 당장 다시 이리 안 와?!"

하지만 경욱은 들은 척도 하지 않고 휑하니 대표실을 빠져나갔다. 재국은 닫힌 문을 향해 혀를 끌끌 차며 소파에 털썩 주저앉았다. 어쩌다 대표실에 남게 된 고 대리는 이도저도 못하고 허둥거리는 중이었다.

"담배 가진 거 있으면 하나 줘봐."

"아, 네. 대표님, 여, 여기 있습니다."

재국이 담배를 받아 입에 물었다.

라이터로 불을 붙여주려는 고 대리의 두 손이 심하게 떨리고 있었다.

재국은 짜증스럽게 라이터를 낚아채서 직접 불을 붙였다.

"결국은 두 놈이 붙어먹겠군. 빌어먹을, 잘들 해보라지."

고 대리는 아무 말도 못 하고 고개를 수그렸다.

태원과 재건을 지칭하고 있음을 모를 수가 없었다.

한 개비의 담배를 다 태우고 난 재국은 다소 누그러진 음성으로 덧붙였다.

"소란 피우지들 말어."

"네?"

"떠난 버스 쫓아가 잡을 생각 말어. 못 달리게 만든답시고 바퀴 빵꾸내거나 하지도 말고. 이제 완전히 손 떠난 놈들이야. 지들 주제껏 처먹고 살게 놔둬."

"무슨 말씀인지 알아들었습니다."

"저 망할 놈한테도 전해. 나가봐."

"네, 대표님."

고 대리가 조용히 문을 열고 대표실을 나섰다.

"후……."

재국은 소파에 몸을 깊이 눕히고 천장을 올려다보았다.

떠나보내고 나니 비로소 또렷해진 상실감이 그의 가슴을 무겁게 짓누르고 있었다.

15장

따라와 봐라

문피앙.

9,000여 명 이상의 작가가 3만 6,000여 작품으로 활동하고 있는 장르 소설 전문 연재 사이트.

올해 들어서는 지난해 대비 120% 이상 성장이라는 놀라운 매출액을 달성하며 한국 웹소설 시장의 선두를 달리고 있는 장르 문학의 성지다.

세상이 완연한 겨울로 접어든 12월 초순.

오늘도 문피앙에는 무수한 소설이 속속들이 올라오고 있었다.

작가 풍천유의 신작 '더 브레스'도 끊임없이 올라오는 작품들 사이에 끼어 있었다.

'후우, 오늘은 여기까지.'

동미가 '더 브레스'의 업데이트를 끝내고 기지개를 켰다.

연재 첫날이라 독자들을 끌어들이기 위해 10편까지 연속으로 올렸다. 종이책으로 치면 한 권에서 절반이 조금 못 되는 분량이다.

'제목 좋고, 표지도 좋고…….'

'더 브레스'는 기존의 '드래곤 라이더'에서 변경된 새로운 제목이었다. 숨결이란 의미를 지닌 브레스는 판타지 속 드래곤의 강력한 무기이기도 했다.

이 제목을 지은 사람은 동미였다.

작품의 진중한 분위기와 어울리면서 다양한 의미를 곱씹어볼 수 있는 좋은 제목이라고 생각했다. 다행히 남편 태원과 재건도 두말없이 찬성해 주었다.

'잘되어야 할 텐데.'

재건의 전작들에 관해서는 이미 꿰고 있었다.

작품 성향을 파악하기 위해 지존록 3부작과 페젤론 2부작을 전부 읽은 상태였다.

다 읽고 난 감상은 간단명료했다.

하나같이 안 팔릴 수가 없는 작품들이었다. 간결한 문체와 빠른 전개가 자아내는 몰입감은 예상을 훨씬 웃도는 수준이었다.

'잘될 거야. 정통 판타지가 대세를 많이 벗어난 상황이란 게 조금 걸리긴 하지만 그래도 하재건 작가니까.'

근심 가득한 동미의 시선은 모니터 화면에서 떨어질 줄을 몰랐다.

가계 잔고는 바닥을 드러내기 직전인데 돈이 들어갈 곳은 한두 군데가 아니었다.

조만간 올려줘야 할 전세금도 크나큰 걱정이었다. 당연히 래프북스의 제1호 작품인 '더 브레스'에 거는 동미의 기대는 컸다.

'조용해서 그런가 자꾸 잡생각만 밀려드네.'

집 안에는 정적이 흐르고 있었다.

태원이 영업 때문에 일찌감치 업체 담당자들을 만나러 나가고 없었기 때문이다.

동미는 뜨거운 커피를 한 잔 타 마셨다.

생각해 보니 더 이상 할 일이 없었다.

아직까지 래프북스 소속 작가는 하재건 한 사람뿐이다.

'더 브레스'의 원고는 100화 분량까지 미리 받아서 넉넉하게 교정 교열을 끝내뒀다.

'간만에 집 안 청소나 신나게 해야지.'

동미는 잡념을 떨쳐 내고 기분도 전환할 겸 진공청소기의 전원을 꽂고 집 안을 청소하기 시작했다. 내친김에 물걸레질까지 말끔하게 하고 세탁기도 돌렸다.

"후우…… 다 했다."

2시간 가까이 걸려 청소가 끝났다.

동미는 청소 도구들을 치우고 뻐근한 양팔을 주물렀다. 졸음이 몰려오면서 저절로 하품이 나왔지만 그녀는 침대가 아닌 자신의 업무용 컴퓨터로 향했다.

'그사이에 얼마나 올랐을까?'

'더 브레스'의 조회수가 얼마나 상승했을지 궁금했다.

시간이 얼마 지나지 않았기에 큰 기대는 없었다.

동미는 머그컵에 남은 커피를 한 모금 마시며 새로고침 버튼을 눌렀다.

"어……?!"

갱신된 화면 앞에서 동미가 두 눈을 치켜떴다.

살짝 벌어진 입술은 미세한 경련까지 일으키고 있었다.

"조회수가 벌써 3,000이라고?!"

동미는 당황스럽기 짝이 없었다.

2시간 전까지 0이었던 '더 브레스'의 편당 조회수가 3,000에 육박하고 있는 것이 아닌가.

더불어 독자들이 달아준 댓글도 벌써 백 단위를 넘어가고 있었다.

—눈솔 : 아 재밌다……. ㅠㅠ(감동의 오열)

—탈주병 : 아니 근데;;;;; 페젤론 시리즈랑 지존록 시리즈도 아직 나오고 있는데 언제 또 이걸 쓰신 거지;;;;;

—한재희 : 풍천유 작가님은 개인이 아니라 집단인 듯????

—미스터H : 작가 모임 때 뵈었는데 기억하실지 모르겠습니다. 잘 보겠습니다. 감기 조심하시길.

—파모똥 : 역시 판타지는 드래곤이 나와줘야~~~

—유현화 : 믿고 보는 풍천유 작가님 ^^

—이매와 : 솔직히 풍천유 작가 작품이라는 거 알고 걱정부터 했음. 유료 연재하고는 스타일이 안 맞을 거라고 생각했는데 읽어보니 완전 기우였음. 추천을 한 번밖에 못 하는 게 아쉬울 따름.

—목마 : 캬, 빅꿀잼. ㅎㄷㄷㄷㄷ~~ 풍천유 작가님 응원합니다. ㅎㄷㄷㄷㄷㄷㄷㄷㄷㄷ~~

—삽치 : 웹 연재는 처음이시네요! 작가명 보고 깜짝 놀랐습니다! 풍천유 님이시라니! 끝까지 따라가겠습니다!

—침략자 : 분량이 너무 짧네요. (엄격 근엄 진지)

—오렌지가빼액 : 갸아아아악! 더, 더 올려줘. 빨리!

—Pdel : 유료 전환하시고 10연참씩 해주시길~~~~~!

—용아람 : 와, 진짜 너무 재미있어요!

화면을 가득 채운 댓글들.

읽는 내내 동미는 놀란 숨을 헐떡였다.

밀려드는 흥분을 도저히 가눌 수가 없었다.

'벌써 20위야?!'

동미의 경악은 끝나지 않았다.

조회수에 따라 랭킹을 표시하는 투데이 베스트에서 '더 브레스'는 20위를 차지하고 있었다.

20위권부터는 사이트 메인 화면에서 작품명이 노출된다. 당연히 그렇게 되면 더욱 많은 독자를 끌어들일 수 있게 된다.

'연재 첫날인데 2시간 만에 20위라니!'

동미는 허둥지둥 핸드폰을 꺼내 들었다.

기쁜 소식을 빨리 나누고 싶었다.

얼마간의 신호음 끝에 전파 너머에서부터 태원의 목소리가 들려왔다.

–어, 무슨 일이야?

"여보! 더 브레스 벌써 20위 들어갔어!"

–20위? 정말이야?

태원이 즉각 믿지 못하겠다는 듯이 되물었다.

동미는 새로고침 버튼을 눌러 또 한 번 화면을 갱신하며 핸드폰에 대고 대답했다.

"그럼 정말이지 내가 이런 걸로 농담하겠어? 10화까지 올리고 청소 좀 하다 왔더니 이렇게 돼 있네. 지금 당신이랑 얘기하는 사이에 또 올랐어. 이제 마지막 편 조회수가 3,500 넘었어. 이거 완전 대박이지?"

―역시 하 작가님 브랜드 파워가 바로 먹혔구나. 유료 전환각 30회 전에 충분히 서겠다. 나도 확인하고 싶은데 운전하는 중이라 그러질 못해서 답답하네.

"운전 중이었어? 진작 말하지. 알았어. 일단 끊고 오늘 일찍 들어와, 자축하게. 알았지?"

―알았어, 최대한 빨리 들어갈게. 이따 봐.

"응응."

전화를 끊은 동미는 흐트러진 숨을 고르기 위해 심호흡을 했다.

하지만 이미 한껏 들떠 버린 가슴은 간단히 진정될 기미를 보이지 않았다.

"이대로만 가자, 제발……! 연독 떨어지지 말고, 선작도 쭉쭉 늘어라. 아, 하재건 작가님. 정말 고마워요!"

입으로는 웃음을 터뜨리면서도 동미의 두 눈에는 눈물이 가득 고였다. 그간 여러 작가로부터 외면당했던 기억이 떠올라서였다.

'더 브레스'의 선방은 지금껏 누적된 그녀의 고통과 설움을 한꺼번에 앗아가고 있었다.

부디 유료로 전환할 때까지 상승세가 계속되기를.

동미는 간절히 바라며 두 손을 기도하듯 꼭 모아 쥐었다.

BIG LIFE

동미의 간절한 바람은 먹혀들었다.

하루, 또 하루가 지나도 강렬한 상승세는 약해지지 않았다.

하늘 높은 줄 모르고 치솟는 관심 속에서 드디어 '더 브레스'는 베스트 10위에 안착했다. 연재를 개시하고 일주일이 채 되지 않아 일궈낸 쾌거였다.

끊임없이 유입되는 '더 브레스'의 독자 중에는 정진이 다니는 게임 회사의 동료도 포함되어 있었다.

"과장님, 점심 안 드세요?"

12시가 되어 자리에서 일어선 정진이 이 과장에게 물었다.

이 과장은 자신의 자리에서 모니터에 얼굴을 들이민 채 돌아보지도 않고 대꾸했다.

"어, 박 대리. 먹고 와. 난 소설 좀 보려고 김밥 사왔어."

"소설이요? 또 무협지 보시는 거예요?"

정진이 그렇게 물으며 가까이 다가갔다.

이 과장은 김밥의 포장을 뜯으면서도 두 눈은 화면의 소설에만 고정시키고 있었다.

"뭐야? 더 브레스? 판타지네요?"

화면에 뜬 소설의 제목을 본 정진이 고개를 갸웃거렸다.

"과장님 판타지 안 보시잖아요."

"원래 그렇지. 근데 풍천유 거는 상관없이 다 봐."

"네? 누구라고요?"

"풍천유. 왜 전에 그거, 지존록 시리즈 쓴 작가. 이번엔 신작을 종이책이 아니라 유료 연재 웹소설로 냈네. 난 종이책으로 보는 게 편한데, 별수 없지 뭐."

정진의 얼굴이 놀라움으로 물들었다.

"……!"

찰나 수많은 생각이 그의 뇌리를 오갔다.

판타지로 신작이라니. 노래방 도우미를 주인공으로 삼은 장편소설을 쓰고 있다고 했었는데. 설마 쓰기가 어려워서 포기한 건가.

"아무튼 미안해. 가서 천천히 먹고 와."

"아, 네…… 그럴게요. 그럼 재밌게 보세요."

사무실에서 나오자마자 정진은 바로 핸드폰을 꺼내 전화를 걸었다.

한참이 지나도 받을 기미가 없어 포기하려는 참에 신호음이 끝나고 재건의 목소리가 들려왔다.

―……어, 정진아.

"자고 있었냐? 미안하다. 더 자라. 내가 다시 걸게."

–아니야, 일어날 때 됐어. 그냥 말해도 돼.

"그래? 야, 딴 게 아니라 너 판타지 신작 냈냐? 더 브레스 맞아?"

–반응 빠르네. 너는 일이 바빠서 못 읽었을 테고. 이번에도 그 과장님이란 분 때문에 알았어?

"이거 족집게네. 그래, 짜샤. 과장님이 또 김밥 사다가 자리에 앉아서 네 소설만 읽고 있다. 와, 진짜 너 최고다. 무협만 읽는 양반을 어떻게 구워삶았냐?"

–그냥 최선을 다해서 썼지. 그 과장님이란 분이 좋게 봐주시니 고마운 거고.

"근데 너, 노래방 도우미로 소설 쓴다던 건 어떻게 됐어? 그거 남자 주인공은 나 모델로 한다며? 포기한 거냐?"

–그건 벌써 끝내고 공모전에 냈어.

"아, 진짜? 무슨 공모전인데?"

–수상하면 알려줄게. 내가 올해 끝나도록 아무 말이 없으면 떨어진 거니까 친구로서 조용히 넘어가 주고.

"참나, 알았다. 근데 너 진짜 빨리도 쓴다. 올해만 벌써 몇 권을 쓴 거냐? 건강은 챙기고 있는 거냐? 진짜 존나 걱정된다고."

–충분히 잘 쉬면서 쓰고 있어. 괜찮아.

"이번에도 대박 나라. 정신 차리고 밥부터 먹어."

-그래, 고맙다. 너도 점심 맛있게 먹고 나중에 전화하자.

BIG LIFE

뚝!

전화를 끊고 난 재건이 핸드폰을 떨어뜨리고 돌아누웠다.

코앞에 리카가 등을 보인 채 누워 있었다. 손가락으로 옆구리를 간질이자 리카는 뾰로통한 눈빛으로 돌아보았다.

"잘 잤어? 오빠는 세상 모르고 잤다. 날씨가 우중충해서 그런가 봐."

창밖으로 보이는 세상이 한껏 흐려 있었다.

재건은 이불을 걷어내고 찌뿌듯한 몸을 일으켜 세웠다. 덩달아 리카도 일어나서는 침대 아래로 폴짝 뛰어내렸다.

"오늘은 쉴까. 더 브레스 100편까지 넘겼거든. 대충 4권 분량 되니까 여유는 많은데."

재건이 리카를 들어 가슴에 안고 물었다. 리카는 귀찮다는 듯이 앞발로 재건의 가슴을 밀어내고 있었다. 그 모습이 귀여워서 재건은 오히려 더욱 세게 끌어안으며 말을 이었다.

"아니다, 그냥 부지런히 써야지. 어차피 종이책도 아니고 유료 연재니까 하루에 3편 넘게 막 올려도 되거든. 빨리 쓰고 끝내 버리는 게 낫지. 그치?"

"야옹……!"

"그렇게 내가 싫어? 가라, 가."

딩동!

리카를 바닥에 내려준 직후 초인종이 울렸다.

재건은 의아한 얼굴이 되어 현관으로 다가가면서 물었다.

"누구세요?"

"문 열어, 짜식아."

"어? 누나?"

재건이 즉각 문을 열어주었다. 문턱 앞에 재인이 서 있었다. 양손으로는 온갖 식재료로 가득한 비닐봉지를 들고 있었다.

"갑자기 말도 없이 무슨 일이야? 이건 다 뭐고?"

재건이 비닐봉지를 받아 들고 옆으로 비켜섰다.

문을 닫고 들어선 재인이 구두를 벗으며 대답했다.

"너 깜짝 놀라게 해주려고. 오늘 일어나서 아직 밥도 안 먹었지? 니가 뭐 뻔하지."

"10분 전에 일어났거든?"

"자랑이냐? 해가 중천에 떴는데?"

"먹구름만 잔뜩 꼈는데 해는 무슨 해야."

투덜거리는 말투와 달리 재건의 속마음은 기뻤다. 멀리 수원에서 이곳까지 찾아와 준 누나가 몹시 고맙고 반가웠다.

"소고기 샤부샤부 해줄게. 괜찮지?"

재인이 코트를 벗으며 물었다.

당연히 재건은 불만이 있을 턱이 없었다.

누나가 만들어주는 음식은 언제나 최고였다. 그 어떤 식당도 100% 맞추지 못하는 재건의 입맛을 항시 완벽하게 충족시켰다.

"한 20분 걸릴 거야. 넌 그사이에 좀 씻고 와."

"알았어."

"수염도 좀 깎고. 보는 사람 없다고 그렇게 산적처럼 있지 말어. 남자가 깔끔해야지."

"알았다니까. 하여튼 잔소리도."

재건이 갈아입을 옷을 챙겨 욕실로 들어섰다. 재인은 앞치마를 몸에 두르고 식재료들을 꺼내 요리를 하기 시작했다.

빠르게 샤워를 마친 재건이 욕실에서 나오니 식재료가 부엌에 가득이었다.

"상 펼까?"

"응, 펴. 샤부샤부라 육수 말고는 준비할 것도 없다야. 이제 다 됐어."

휴대용 버너 위로 육수가 가득 담긴 냄비가 놓였다. 그 주위로 각종 채소와 칼국수, 그리고 신선한 소고기가 맛깔스럽게 깔렸다.

"잘 먹을게, 누나."

"얼마나 잘 먹는지 본다. 남기기만 해."

재건은 육수부터 한 숟가락을 떠 입안에 넣었다.

역시나 누나의 손맛이 가득 담긴 국물은 맛이 기가 막혔다. 절로 감탄사가 나올 지경이었다.

"맛있다."

"고기 팍팍 넣어서 먹어. 채소도 많이 먹고."

재건은 재인을 실망시키지 않기 위해 평소보다도 열심히 먹었다.

재인은 흡족하게 웃으며 재건이 먹을 고기와 채소를 익혀 그의 접시에 거듭 덜어주었다.

"아버지랑 엄마는 별일 없으시지?"

재건이 채소를 집으며 넌지시 물었다.

호칭이 일정하지 못한 건 어쩔 수 없었다. 어른이 되면서 아빠는 아버지가 되었지만 엄마는 여전히 그의 가슴에 엄마로 남아 있었다.

"아무 일 없어. 근데 엄마가 너 코빼기도 안 보인다고 많이 걱정해. 밥이나 잘 먹는지 모르겠다고. 내가 보다 못해서 죽었는지 살았는지 확인하고 오겠다고 이렇게 직접 온 거다."

재인이 재건의 뺨을 가볍게 꼬집으며 웃었다.

"멀쩡히 살아 있네, 뭐. 생존 확인. 아무튼 이제 연말인데 집에 좀 와 있으면 안 돼?"

"아직은 못 가."

"왜?"

재건은 대답 대신 고기와 채소를 입에 넣고 우물거렸다.

재인도 더 묻지는 않았다. 아버지와의 소원한 사이 때문이라는 것을 알고 있었으니까. 거기에 대해 설득할 능력도 그녀에게는 없었다.

"조금만 기다려. 조만간 집 살 돈 모이면 갈게."

"집?"

재인이 숟가락을 들다 말고 놀란 얼굴로 쳐다보았다.

"무슨 집?"

"전에 얘기했잖아. 전세 연장하지 말고 집 한 채 사서 이사 가자고. 빌라나 아파트 말고 단독주택 같은 걸로. 뭘 새삼스럽게 놀랐다는 얼굴로 봐?"

재인은 대답하지 못하고 하릴없이 눈만 깜박거렸다.

일반적으로 단독주택이 고가라는 건 부동산에 문외한인 사람들도 어지간히 알고 있는 사실이다.

재건이 육수를 한 국자 퍼 대접에 덜면서 말을 계속했다.

"지금 사는 빌라 전세금 빼고, 전에 준 상금이랑 인세도 있고, 이번 신작으로 인세 받아서 보태면 단독주택 괜찮은 거 한 채 살 수 있을 거야. 마당 넓고 한 2층에 방도 4~5개는 되는 걸로."

"그렇게 큰 집을 산다고?"

재인은 일순 멍해지고 말았다.

재건이 언급한 규모의 단독주택을 구입하려면 최소 5억 원이라도 있어야지, 그 이하의 돈으로는 어림도 없을 터였다.

서울 집값과 비교하면 꽤나 저렴한 축에 속하는 수원 지역임에도 불구하고 이 정도인 것이다.

"누나도 알 거야. 엄마 가시는 미용실 옆으로 공원 마주 보고 있는 단독."

"아, 그거 알지."

재인이 고개를 끄덕여 보였다.

자주 지나다니는 길목에 있기에 모를 수가 없었다. 정원을 끼고 'ㄱ'자 형태로 지어진 2층짜리 단독주택이었다. 지은 지가 5년도 되지 않아 외관은 깔끔했다.

"요 며칠 인터넷으로 부동산 좀 검색해 봤는데 그게 매물로 나왔더라고. 그 집 괜찮을 거 같아. 돈이 모일 때까지 안 팔리면 좋겠는데."

그렇게 말하며 재건은 단독주택에서 살아가는 부모님의 모습을 뇌리에 그려보았다.

어머니는 텃밭을 가꾸고 있었고 아버지는 자신만의 서재

에서 독서에 열중이었다.

“어…… 얼마나 하디?”

재인이 거북이처럼 목을 움츠리고 어물어물 물었다.

재건은 기다렸다는 듯이 상념에서 깨어나 즉각 대답했다.

“자세한 금액은 기억이 안 나. 아마 5억 조금 넘었을걸.”

“엄청 비싸다!”

“걱정하지 마. 1년 안에 벌어들일 거야.”

“1년…… 안에?!”

재인은 자신만만한 태도로 일관하는 재건을 이해하기가 어려웠다.

빌라 전세금을 빼고 거기에 재건이 그간 준 돈을 다 합쳐도 1억 5,000만 원이 채 되지 않을 것이다. 4억에 가까운 나머지 돈을 1년 안에 벌어들이겠다니.

근거 없는 자신감이라고 치부하는 건 결코 아니었다.

실제로 올해 들어 재건은 많은 글을 써서 적지 않은 돈을 집에 가져다주었다.

하지만 이번에는 액수가 지나치게 컸다.

동생이 또 얼마나 스스로를 닦달하며 몸을 혹사시킬지 그런 부분도 걱정이었다.

“집 사고 나면 다음은 누나야.”

“무슨 소리야, 그건 또?”

"누나 학원 차려줄 거라고."

그야말로 점입가경이어서 재인은 두 눈을 부릅떴다.

지금 재인의 직업은 방문학습지 교사였다. 수업을 맡은 아이들이 사는 가정을 일일이 방문해야 하는 고된 일이었다. 운전면허도 없고 차도 없는 재인의 고역은 특히 더했다.

"힘들어도 조금만 더 참아. 내가 원장선생님 만들어줄게. 뭐야, 표정이 영 못 미더운 눈친데?"

재인이 울 듯한 얼굴로 고개를 가로저었다.

"아니야, 믿어. 내 동생 능력 좋잖아. 그런 게 아니라 누나는 걱정돼서 그래."

어느새 재인의 두 손은 재건의 양 뺨을 어루만지고 있었다.

"너무 목표를 크게 잡지 마. 기대가 크면 일이 잘되지 않았을 때 실망도 커. 급할 거 없어. 돈 생각하면서 글 쓰면 안 되잖아."

"나도 알아."

"그리고 건강 생각해야지. 돈보다 훨씬 더 중요한 게 건강이야. 몸이 망가지면 글은 어떻게 쓸래?"

"아, 잔소리. 괜히 말 꺼냈어. 이제 그만."

"빨리 누나랑 약속해. 건강 챙기기로."

재인이 새끼손가락을 재건의 눈앞에 들이댔다.

재건은 토할 것 같은 표정으로 쳐다보며 뒤로 몸을 젖혔다.

“이제 하지 좀 말자, 이런 거. 나 27살이야, 누나.”
“네가 몇 살이건 상관없거든? 얼른.”
재인이 짐짓 험악하게 인상을 썼다.
재건은 마지못해 새끼손가락을 걸었다. 걸자마자 떼려는 참에 뒷말이 붙었다.
“도장.”
“후우…….”
“복사.”
“아, 좀!”
“빨리 안 해?”
“됐지?”
“코팅.”
“네네, 하 여사님. 아무렴요. 해드려야죠.”
끝내 재건은 모든 과정을 수행하고 나서야 해방될 수 있었다.
재인은 비로소 만족스러운 듯이 미소를 지으며 졸아든 냄비의 육수를 보충했다.
“맞다! 그 수희라는 동기는 요즘 안 만나니?”
재건은 대답에 앞서 목울대부터 울렸다.
언제고 엄마나 누나가 이런 질문을 해올 거라고 예상은 하고 있었다.

“응? 안 만나냐고.”

“종종 봐.”

“그래?”

“얼마 전에도 한 번 봤어. 게임 시나리오 일도 있고.”

“잘 만나봐. 인상이 너무 괜찮더라.”

“내 걱정 말고 누나나 연애 좀 하고 살아.”

“시끄럽고. 집에 한 번 안 데려올래? 응?”

드르륵!

재건의 주머니에서 핸드폰이 진동을 일으켰다.

꺼내 보니 태원으로부터 걸려온 전화였다.

재건은 마치 구원이라도 받은 것처럼 급격하게 반가운 표정으로 전화를 받았다.

“네, 편집장님. 아니, 대표님.”

–그냥 편하신 대로 부르셔도 된다니까요. 점심 드셨어요?

“먹었습니다. 대표님은요?”

–저도 먹었어요. 아, 더 브레스 유료화 얘기 때문에 전화 드렸어요.

“유료화요? 오늘 올라간 것까지 20편밖에 안 되는데 벌써 그렇게 해도 될까요?”

–당장이 아니라 다음 주 금요일부터요. 지금 하루에 2편씩 올라가고 있으니까 그쯤이면 30편 이상 될 거고요. 선호

작 수도 1만 훨씬 넘어갈 거예요. 아, 그리고 문피앙 사이트 메인 상단에 배너 광고 커다랗게 들어갔어요. 이따가 한번 보세요.

"아아, 네. 신경 써주셔서 감사합니다."

−감사한 건 저죠. 그리고 래프북스 첫 번째 작품인데 최선을 다해야 하는 건 당연해요. 더 브레스 잘될 거예요. 저만 믿으세요.

"대표님이 그렇게 말씀해 주시니 안심이 되네요."

재인은 궁금한 표정으로 통화하는 재건의 기색을 살피고 있었다.

이윽고 재건이 통화를 마치고 핸드폰을 내리자 그녀는 질문을 던졌다.

"이번 신작 얘기 아니야? 유료 연재가 뭐야?"

"아아, 그거 얘기 안 했구나. 이번엔 종이책 말고 유료 연재로 해."

재건이 유료 연재 방식에 관해 간단히 설명해 주었다. 이야기를 전부 듣고 난 재인은 입술을 동그랗게 말며 고개를 주억거렸다.

"아무튼 잘될 거야. 항상 말했지만 내가 정말 신뢰하는 사람이야. 능력 좋으니까 잘 끌어가 줄 거야."

"누나가 보기에도 잘될 거 같아. 이제 밥이나 부지런히 먹

자. 아직도 이렇게 많이 남았는데."

"알았어, 이제부터 각 잡고 제대로 먹는다."

재건이 두 팔을 걷어붙이고 젓가락을 들었다. 사랑하는 누나가 차려준 밥을 열심히 먹으면서도 그의 머리 한구석은 소설의 다음 전개를 짜느라 여념이 없었다.

BIG LIFE

"후우……!"

일주일의 시간이 지난 금요일 오후.

동미는 커피를 타고 베란다로 나가 호흡을 가다듬었다.

이제 막 '더 브레스'가 유료화 서비스를 개시한 참이었다.

"안 볼래. 그냥 눈 딱 감고 참았다가 내일 확인해야지."

동미는 그렇게 중얼거리며 뒤숭숭한 마음을 가다듬고 있었다.

1편부터 25편까지는 무료, 26편부터는 편당 100원씩을 지불해야 볼 수 있는 유료다.

유료 전환을 개시한 첫날이라서 한꺼번에 5편을 올렸다.

총 37편이 된 '더 브레스'는 드디어 시장의 냉엄한 판단을 받게 될 기로에 선 것이다.

"아아, 뭐 할 거 없나? 청소는 다 했고. 밥도 먹었고."

동미는 시간을 보낼 일을 찾아 집 안을 이리저리 기웃거렸지만 할 일이 없었다.

별수 없이 거실에 앉아 TV를 켜니 할리우드에서 만든 히어로 영화가 방영되고 있었다.

"재미없어……."

평소라면 즐겁게 봤을 영화가 지금은 두 눈에 전혀 들어오지 않았다. 동미는 TV를 다시 끄고 컴퓨터 앞으로 가 앉았다. 인터넷 검색이나 하면서 시간을 죽일 요량이었다.

"하아, 이제 겨우 1시간 지났어?"

시간을 확인한 동미가 허탈한 한숨을 내뱉았다. 초조한 마음 탓인지 시간의 흐름이 지독하게 느렸다.

"아, 몰라. 내가 지금 본다고 올라갈 게 안 오르는 것도 아니고."

더는 참을 수가 없어진 동미였다.

그녀는 두 눈을 딱 감고 '더 브레스'가 연재되고 있는 페이지를 화면에 띄웠다.

그러고는 잔뜩 찌푸린 표정으로 두 눈을 천천히 떴다.

"맙소사……!"

동미는 뒷목에 소름이 돋는 걸 느끼며 두 손으로 제 입을 틀어막았다. 믿을 수 없는 구매수가 그녀의 두 동공에 아로새겨져 있었다.

"1시간 만에…… 3,000?!"

새로 올린 5편의 구매수가 전부 3,000을 넘어서고 있었다. 기존에 무료였다가 유료로 전환된 예전 편수도 벌써 4,500에 육박하고 있는 상황이었다.

'이 기세면…… 24시간 안에 최소 10,000은 찍겠어!'

10,000이라는 구매는 환호를 해도 될 만큼 높은 수치였다.

아무리 좋아졌다고는 해도 편당 구매 수가 세 자리는커녕 두 자리에 머물러 있는 작품들도 허다한 게 유료 소설 시장이었다.

문피앙에 수수료를 지불하고 나면 대략 63만 원의 수익이다. 5편을 올렸으니 315만 원 정도가 된다. 이것을 래프북스와 재건이 3 대 7로 나누는 것이다.

"대박……! 진짜 대박 날 거 같아!"

내일부터도 기본적으로 하루 2편 이상씩을 올리기로 얘기가 되어 있었다. 편수는 하루하루 늘어갈 것이고 그만큼 수익 또한 증대될 것이다.

동미의 올라간 입꼬리는 내려갈 줄을 모르고 있었다.

'베스트 상위권도 금방 뚫겠는데?'

유료 작품 베스트 상위권도 금세 치고 들어갈 수 있을 것 같았다.

베스트에 노출되는 시간은 가장 최근 편수를 올린 시점부터 24시간이다. 24시간 동안의 구매에 따라 베스트의 등락이 결정되는 것이다. 1시간 만에 3,000을 찍었으니 베스트가 아니라 1등을 할 가능성이 충분했다.

"아, 하재건 작가님. 너무 감사합니다. 언제 집으로 모셔서 몸보신하시라고 오리백숙이라도 대접해 드릴게요."

동미는 들뜬 얼굴로 모니터 화면을 바라보며 재건에게 말하듯이 중얼거렸다. 뒤이어 이토록 대단한 작가와 끈끈한 연을 맺은 남편 태원이 새삼스레 위대하게 느껴지기 시작했다.

BIG LIFE

그와 같은 시각.

목적지에 도착한 태원이 차를 세우고 내려섰다.

허름한 창고 건물이 그의 목전에 가로놓여 있었다. 입구 옆에 서 있던 중년의 사내가 피우던 담배를 밟아서 끄고 다가왔다.

"오랜만입니다, 편집장님. 아니, 이제는 권 대표님이라고 불러야죠?"

"네, 박 사장님도 잘 지내셨죠?"

두 사람은 웃는 얼굴로 악수를 나눴다.

태원이 박 사장이라고 부른 이 중년의 사내는 눈앞에 놓인 창고의 주인이었다.

창고를 임대하는 것이 이곳에 찾아온 태원의 목적이었다.

"50원에 해주신다니 정말 감사합니다. 언제고 이 은혜는 꼭 갚겠습니다."

50원은 책 한 권을 보관하는 비용을 뜻했다. 태원은 유료 연재 방식 이외에 소량이나마 종이책 출간도 할 계획이었다.

돈보다는 홍보가 되리라는 판단에 따른 결정이었다. 의외로 종이책 쪽과 유료 연재 쪽의 독자들은 겹치지 않는 경우가 많다는 점에 착안했다.

덧붙이자면 래프북스의 제1호 작가인 재건을 위한 마음도 있었다. 항시 종이책을 중요시했던 재건을 위해 창고 임대를 서둘렀던 것도 사실이었다. 좋은 가격에 임대할 수 있어서 참으로 다행이었다.

드르륵!

태원의 주머니에서 핸드폰이 울렸다.

그는 죄송하다는 표정으로 양해를 구하고는 즉시 전화를 받았다.

"네, 권태원입니다."

−안녕하세요. 저 박호준 팀장입니다.

"아아, 네 팀장님. 알려주신 핸드폰 번호가 아니어서 몰랐습니다."

–사무실 전화번호입니다. 그것보다 저기…… 죄송합니다.

“네? 무슨 말씀이신지?”

되묻는 태원의 얼굴은 이미 그늘이 지고 있었다.

이 바닥에서 반평생을 굴렀다.

좋지 않은 얘기가 이어질 조짐이 뚜렷했다.

–앞으로 3개월은 저희 측에서 프로모션을 하실 수가 없을 것 같습니다. 사정이 그렇게 됐습니다.

예상에서 한 치도 비껴가지 않는 얘기.

태원은 손을 들어 지끈거리는 이마를 싸매고 있었다.

to be continued

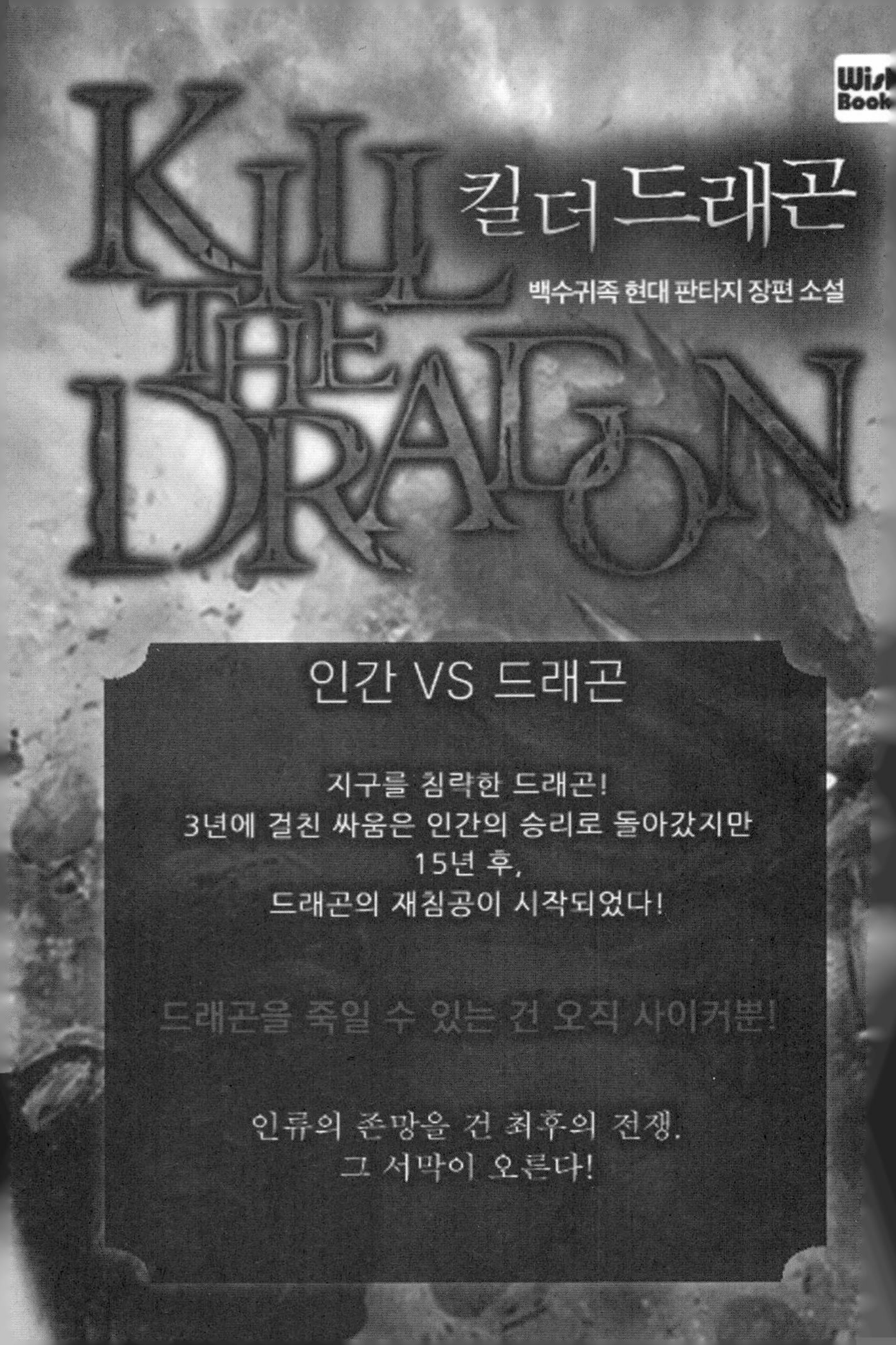
Wish Book
KILL THE DRAGON
킬 더 드래곤
백수귀족 현대 판타지 장편 소설
인간 VS 드래곤
지구를 침략한 드래곤!
3년에 걸친 싸움은 인간의 승리로 돌아갔지만
15년 후,
드래곤의 재침공이 시작되었다!
드래곤을 죽일 수 있는 건 오직 사이커뿐!
인류의 존망을 건 최후의 전쟁.
그 서막이 오른다!